WAAR DE WIND HUIST

Eerder verscheen van Samar Yazbek

De blauwe pen

SAMAR YAZBEK

Waar de wind huist

Vertaald uit het Arabisch door
Lore Baeten en Marthe Nelissen

UITGEVERIJ ORLANDO | OXFAM NOVIB

Oorspronkelijke titel *Maqâm al rîh*
Oorspronkelijke uitgever Manshurat al Mutawassit, Milaan
Published by agreement with RAYA the agency for Arabic literature, and Maydo Kooy Literary Agency, The Netherlands

Omslagontwerp Nanja Toebak

Uitgave in samenwerking met Oxfam Novib
Zetwerk Pre Press Media Groep
ISBN 978 90 832098 2 1
NUR 302

www.uitgeverijorlando.nl

FSC www.fsc.org
MIX
Papier van verantwoorde herkomst
FSC® C004472

I

Een blaadje, gewoon een blaadje, dat hij door zijn verstrengelde wimpers niet kon zien in de namiddagzon!

Een stom boomblad! Gelobd en groen verscheen het als een gordijn voor zijn ogen wanneer hij traag en moeizaam knipperde. Een boomblad dat aan zijn lange, met modder besmeurde wimpers kleefde. Een blad dat hij niet goed kon zien door de fijne stukjes aarde die in het vocht van zijn ogen zwommen, en die schuurden en brandden. Als hij zijn oogleden opnieuw zou bewegen, zou het blad in zijn linkeroog vallen. Dat blad was de hele wereld. Geen geluid, geen geur. Zijn andere oog voelde hij niet. Leefde hij nog? Wie zou het zeggen! Had hij een lichaam? En waar was zijn lichaam, als hij er een had? Hij kon niet voelen of zijn bestaan verder reikte dan dat kleine stukje gedempt licht, omfloerst door zwarte lijnen. En of dat zijn wimpers of zijn nachtmerries waren deed er niet toe, de duisternis daalde binnen de kortste keren weer over hem neer. Hij zakte traag naar een diepe, onbekende plek. De zwaartekracht verdween en hij voelde zijn hoofd heen en weer deinen. Was hij dat, die in een graf neerzakte? Was dit zijn begrafenis? En dit hoofd, was dat van hem?

Het boomblad gleed weg en hij zag één oog, zijn oog, zwevend in de lucht en kijkend naar een lichaam dat in een gat wegzakte. Zijn lichaam in een kist, hij zag het niet, maar hij wist dat het zijn lichaam was. Het gat was niet diep genoeg om bang te zijn, maar wel diep genoeg om te vervagen en te verdwijnen wanneer er aarde overheen kwam te liggen. Eén oog dus.

Rondom het gat verdrongen zich schimmen van mensen. Het deinen van zijn hoofd in de lege diepte voelde aangenaam, hij kon de broze wortels van de planten zien die zich door de lagen aarde heen vertakten, fijne wortels en dikke wortels die door de spades waren verbrijzeld. In de uiteindes van de wortels rook hij de geur van de vroege morgen. Hij zag een paar roze wormen naar beneden duikelen aan de rand van de kist en herinnerde zich hoe soepel die aanvoelen wanneer hij ze tussen zijn vingers liet wriemelen. Waar was dat? Wanneer had hij roze wormen bij elkaar gezocht en ze boven op een groot rotsblok in een rijtje opgesteld om hen tegen elkaar te laten racen? Hij wist het niet! Maar het zien van de dansende wormen die samen met hem naar beneden stortten, stelde hem gerust. Het beeld viel uit elkaar en daar was het kerkhof naast het schrijn met zijn reusachtige boom. Hij was hier nog, maar waar? Wat mocht dat 'hier' dan wel zijn? Hij was het, hij en niemand anders, hij was nog niet losgekomen van zijn bestaan. Hij zag zichzelf als een ziend oog. Hij zag de vrouwen samentroepen achter de mannen op het kerkhof, met witte hoofddoeken op hun hoofden. Hij merkte een vrouw op die de witte doek van haar hoofd rukte en zich schreeuwend en duwend een weg naar voren baande tussen de mannen. Het was zijn moeder. Hoe kon hij weten dat het zijn moeder was? Hij kon haar niet duidelijk zien! Hij had dus een familie! Maar hij voelde niets, hij cirkelde als een vogel in de lucht, kon hen zien terwijl hij wist dat hij geen vogel was. Hij was een oog, één maar, zelfs geen twee! Hij kon de dingen in hun driedimensionale proporties zien, hij was een oog dat boven het kerkhof van het dorp zweefde, zijn dorp, en hij zag zichzelf wegzakken in een gat. Hij hoorde het gejammer en de schaduwen van een vrouw van wie hij dacht dat het zijn moeder was door de acrobatische, springerige manier van bewegen die hij van haar kende en die ervoor zorgde dat ze er boos uitzag. Snerpend gegil en geweeklaag, schoten die worden afgevuurd, gemompel, dat waren geluiden die hij gewoon was op begrafenissen. Hij hoorde geen gejammer en geweeklaag zoals gewoonlijk, zag geen vrouwen die zich op de borst sloegen. Deze scène kwam hem bekend voor, dacht hij, hij had dit eerder al gehoord en gezien. De geluiden van tumult en commotie die later volgden, leken anders. Dat daar was zijn vader, en zijn zus – een weduwe – met haar gezwollen buik. Maar omdat hij boven hen zweefde en niet op de grond kon raken, was het beeld wazig. Hij was een oog dat door de lucht naar beneden vloog, om te zien of dat zijn begrafenis was, of die van zijn broer.

Hij slaagde er niet in om te bewegen of uit te maken wie er in dat graf hoorde, onzichtbare koorden hielden hem in de lucht. En onder hem al die mensen, ze stonden samen op een kluitje en bewogen zich daarna in verschillende richtingen, bewogen hun lippen zonder dat hij hen hoorde. Hij wilde schreeuwen, zeggen dat hij daar was, dat hij niet gestorven was en ook niet wilde sterven. Hij wilde hun vertellen dat wie daar in dat gat neerdaalde een monster was, of misschien een vreemde, maar niet hij, maar niemand luisterde naar hem. Hij kende deze begrafenis, beet hij zichzelf telkens woedend toe, maar slaagde er niet in om te ontdekken of het de zijne of die van zijn broer was. Hij keek om zich heen en zag andere stukken mens die met onzichtbare touwen aan de hemel vastgeklonken zaten. Die lichaamsdelen keken naar ontelbare gaten – de toppen van de bergen die over de zee uitkeken waren ermee bezaaid – en op dat moment leek hij even te stikken en kwam weer bij bewustzijn. Hoe kan een oog stikken?

Eén oog, dat keek naar dat gat, meer was hij niet. Hij kon, eindelijk, zijn moeder horen zingen. Dat was haar stem! Zijn moeder. Het ene moment zong ze, het volgende stootte ze een scherp gekerm uit en zag hij haar schreeuwen. Hij wist dat ze zijn naam schreeuwde, maar hij hoorde het niet. Het geluid verdween zodra ze hem riep. Ze keek naar de hemel, ze wist dat hij haar zag. Zijn moeder, die luidkeels om hem riep, dat betekende dat hij dood was en er getuige van was hoe zijn ziel door de lucht tuimelde. Hij wilde fluiten om aan zijn moeder te laten weten dat hij het was, maar hij was maar een oog, niet eens in staat om naar zijn gewoonte het deuntje van de merel te fluiten. De vlag, die kon hij goed zien. Rood, wit, zwart, twee sterren in het midden. En welke kleur die hadden? Geen idee! Toen zag hij de handen van zijn moeder de kist vastgrijpen en de vlag wegrukken, haar gekloofde vingers waren veranderd in een reusachtig scherm en boorden zich in het hout om net als de spijkers een deel van de kist te worden. Daarna verdwenen kleur en geluid, maar het lichaam van zijn moeder bleef met de kist versmolten. Op dat moment besefte hij dat hij niet de dode was, omdat hij zich op een gegeven moment, toen hij zijn oogleden bewoog en een boomblaadje zag, herinnerde dat die begrafenis van zijn broer was. Wat hij gezien had, wie er in dat gat was weggezakt, dat was hij niet. Toen opende hij zijn andere oog en kon weer zien, het blad was beginnen te schommelen en van zijn gezicht gevallen en het beeld dat hij voor zich kon zien verbreedde zich. Hij ontdekte dat hij zijn hoofd nog had, ongedeerd boven op zijn lichaam en dat dat blaadje, net als vele andere, een van de boomblaadjes was waaronder wat hij nog van zijn lijf kon voelen bedolven was. Het lukte hem zijn hoofd nogmaals te bewegen en hij kon de boom zien! De enorme boom die ver weg leek, maar niet zo ver dat het een illusie kon zijn, het was geen droom, noch een nachtmerrie. De pupillen van zijn ogen verwijdden zich en het felle licht overviel hem plots. Hij leefde, en hij was hier eerder al geweest, hij wist niet exact wanneer dat 'eerder' precies was, maar hij was hier geweest! De lucht en de bladeren boven hem, hun ineengesmolten geel en grijs overspoelde hem. Eén groen blaadje voor zijn linkeroog. Er was geen enkel geluid. Complete stilte. Op dat moment besefte hij dat hij niet kon bewegen en dat hij iets verbrands rook dat hem bekend voorkwam. Hij realiseerde zich dat hij twee handen had, hij voelde ze, en daarna kon hij het ruisen en het knisperen van de bladeren horen. Hij liet zijn lichaam opnieuw schokkerig bewegen, zwakjes, maar voldoende om te ontdekken dat zijn andere oog kon zien. En voor die verre toeschouwer in de hemel leek zijn lichaam op een hoop bladeren en takken waarin zich, onder een masker van modder en bloed, twee gaten voor de ogen aftekenden. Enkel het wit van zijn ogen deed vermoeden dat er een menselijk lichaam lag in de desolate leegte van die bergtop waar een enorme boom boven uittorende.

Tot op dat moment had hij daar geen idee van, geen idee dat hij begraven lag onder bladeren, aarde en takken. Hij wist enkel dat hij ademde en dat hij twee ogen en twee handen had. Toen hoorde hij het kloppen van zijn hart en slaakte een diepe zucht die de beenderen in zijn borstkas deed bewegen. Hij hoorde het ruisen weer. Hij was nog steeds hier, op deze wereld, maar hij kon zijn voeten niet voelen. Een spies van vuur, of misschien van ijs, in ieder geval iets brandends, doorboorde zijn rug. Hij wist niet wat het was, maar het was kleverig, alsof hij vanaf zijn middel begraven zat in een gat vol beton. Hij kreeg zichzelf niet rechtop om zijn lichaam aan een nadere controle te onderwerpen, maar hij was er nog steeds van overtuigd dat hij leefde.

De aanwezigheid van de boom verwarde hem, zou het de boom van het dorpsschrijn kunnen zijn? Of die van thuis! Of was hij toch degene die in het gat wegzonk? Hij was er nog niet zeker van dat hij het zich had ingebeeld, ondanks de herinnering aan de begrafenis van zijn broer. Het was precies dezelfde boom als die hij sinds zijn kindertijd gekend had. Nadat hij een uur lang in de zon had gestaard die hoog aan de hemel stond, een uur waarin hij zelf bijna wortels kreeg, herinnerde hij zich dat de boom hier aan de frontlinie stond en dat hij er, zoals gewoonlijk, gefascineerd naar had staan kijken, met zijn geweer over zijn schouder en een troep medesoldaten naast zich.

Hij besloot om te bewegen ook al genoot hij er voor even van om in de sluimerende diepte te vallen. Hij probeerde zijn lichaam opnieuw rechtop te hijsen en ontdekte dat hij niet kon bewegen. De stilte maakte hem bang. Hij hoorde de slagen van zijn hart, ze doorboorden zijn trommelvliezen bijna. Waar kwam die stilte vandaan? Waar was het geluid van de vogels en de boom? Elke boom hoort zijn eigen geluid te hebben en dat van de vogels die hem gezelschap houden. Wie had dat tegen hem gezegd? Rechts van de boom merkte hij dichte rook op. Hij richtte zijn blik naar links en daar zag hij vuur. Iets was aan het verbranden, het rook net als gegrild vlees. Hij sloot zijn ogen, de berglucht brak de scherpe kantjes van de hete middag. Zweetdruppels gleden onophoudelijk langs zijn voorhoofd naar beneden, maakten zijn oogleden nat, brandden in zijn ogen en zorgden ervoor dat hij minutenlang niets kon zien. Hij bedacht zich dat hij diep moest ademhalen om de spieren in zijn buik te voelen. Hij dwong zichzelf om te bewegen. Bij elke in- en uitademing rees zijn borst en samen met zijn borst, kwam ook de hoop bladeren omhoog. Hij slaagde erin om zich te verroeren en zich gedeeltelijk om te draaien. Heel traag kwam eindelijk zijn romp in beweging en toen hij zichzelf naar de andere kant duwde bedacht hij zich dat er misschien een afgrond was en de rand vlakbij, maar dat liet hem koud. Een immense kracht duwde hem van binnenuit vooruit en hij bewoog zijn lichaam, maar alles wat hij daarmee bereikte was dat hij op zijn zij rolde en met zijn gezicht naar de boom toe kwam te liggen. De bladeren en de takken vielen van zijn borst en op dat moment voelde hij de brandende pijn die hem plots deed hopen dat hij nog heel was. De pijn joeg zich voort tussen zijn hoofd en zijn tenen, de pijn omvatte zijn hele lichaam en dat leek hem een goede zaak. Hij draaide zijn hoofd en staarde naar de boom, hoorde het ruisen en het breken van droge takken. Toen werd het weer stil en kon hij het zien! Hij zag hoe hij en de andere soldaten door de lucht vlogen toen de raket explodeerde. En voor hij weer buiten bewustzijn raakte hoorde hij de rauwe stem van zijn moeder die hem riep: Ali! En toen wist hij, wist hij heel goed, dat dat kleine groene blaadje het blad was van een eikenboom.

2

Zodra hij kopje-onder ging in duisternis en slaperigheid, naar beneden getrokken door iets zwaars, rukte de stem hem weer uit de overgave van zijn sluimertoestand, schreeuwde zijn naam. Het geluid bracht hem weer omhoog. Hij bewoog zijn hoofd en hoorde een scherp gefluister in zijn oor. De lucht was blauw, in stukken gekliefd door zeldzame, verre wolken die een voor een pal boven zijn ogen voorbijtrokken. Enkele dagen geleden had hij die wolk opgemerkt die snel langs hen glipte. Ze waren met vijf soldaten en hij was de enige die wist hoe de wispelturige wolken in elkaar zitten, hoe ze je misleiden en met je meevoelen, hoe ze je adem kunnen verfrissen! De wolken waren zijn speelplaats op het dak van het huis en zijn kameraden op de met steengruis bezaaide bergpaadjes. Vandaag leken de wolken anders, ver weg en tegelijk dichtbij. Een paar dagen geleden nog dekten ze hem toe als een deken en maakten zijn oogleden vochtig. Hij strekte zijn vingers uit om ze vast te pakken, en kon zich inbeelden hoe zijn vingers langer werden, met de wolken meegroeiden als knoppen die zich openen en in scheuten veranderen. Ze bedekten de top van de berg en hij vond het heerlijk om zijn hoofd ertussen te steken, zich te wentelen in hun wit, als iemand die zich onder water wast. Hij schrobde zijn gezicht ermee zoals hij vroeger met sneeuwballen deed, greep ze vast en graaide met zijn vingers in de leegte. Lachte in zijn vuistje en zag het wit van zijn glimlach binnen in zichzelf. Hij liet zichzelf achter en duizelde met de wolken mee, ondanks het zuchten van zijn medesoldaten. In stilte lachte hij hen uit, want hij kende het binnenste van de wolken als geen ander en zijn intuïtie zei hem dat ze hem niet zouden verraden. Hij stond voor hen, bedolven onder de dichte witte plukken, en kauwde een soort leegte in zijn mond, er zeker van dat die vochtig zacht zijn keel zou binnenglijden, hem rustig zou doen slapen zoals hij deed op de nachten in zijn hut, of op het dak van het huis. Alleen was hij nu niet op het dak van het huis en ook niet in zijn hut, maar op de top van de vreemde berg, de hoge top leek hem een kaal hoofd waar behalve die reusachtige boom en de barricaden van zand niks groeide.

De wolken hier leken niet op de wolken en de onweerswolken uit zijn dorp, die waartussen hij woonde en die hij gewoon was. De wolken uit zijn dorp kwamen uit het diepst van de vallei aangezwommen en klommen dan naar boven, hij zag hoe ze de wereld rondom hem bedekten als een dichte witte rivier voor ze zich om hem heen wikkelden en hem het zicht benamen. De mensen uit het dorp leefden tussen de wolken en de mist, ze waren het gewoon om erin te verdwijnen en Ali had zijn eigen rivier van wolken. Alleen die wolkenrivier kon veranderen in een lange staart, sidderend en kronkelend voor de ogen van wie ernaar keek, net als de staart van de vossen uit het bos. Hij stond in zijn hut en keek naar de staart tot die verdween en Ali de vallei kon zien en de nabijgelegen bergtoppen, hoe proper en blinkend ze eruitzagen wanneer die witte staart eenmaal was opgelost. Dan sprong hij van blijdschap op en neer en wist dat de staart zich zou omdraaien en naar zijn top omhoog zou klimmen, waar hij hem gewikkeld in de deken van zijn moeder zou opwachten. Die werelden waren dan zíjn werelden, waar niemand anders kon binnendringen, een wereld van hem alleen waar niemand anders bij kon. Hij kon bijvoorbeeld urenlang op de tak van een boom staan, zijn been onder zich gevouwen als een reiger en met wijd open ogen naar dat machtige schouwspel kijken, luidkeels echoënd: 'Ooohhhh… waaauuuw!' Op dat moment, wanneer de hemel grauwgrijs was, verschenen er plots, tussen het donker van het grijs, stralende lichtbundels die de aarde met de hemel verbonden, koorden van majestueus licht! Dan draaide hij zijn hoofd om de grijze wolken te kunnen zien die hun weg vervolgden en vertrok met hen, en met die zuilen van licht, op avontuur. En terwijl de grijze donderwolken uit elkaar vielen en plaatsmaakten voor het licht dat zich vrij vocht, zag hij een feest van in elkaar overvloeiende kleuren, wit... grijs... blauw... zwart... geel... Af en aan golvende kleuren die elkaar in de armen vielen en in constante beweging op elkaar inspeelden. Dat was volgens hem hoe het paradijs er moest uitzien. De kleuren grepen hem bij de keel! En dan waren er de composities die de wolken maakten in de vorm van vreemde levende wezens. Alsof hij het gezicht van een vrouw zag, met het lichaam van een boom waarvan de takken eindigden in kleine voetjes of een boom met de poten van een koe en handen van vlinders, wel honderden, of het hoofd van een vogel met de hoorns van een bok, twee takken als vleugels en mensenvoeten... Die onnavolgbare wolkencomposities losten voor zijn ogen op, en veranderden in zachte, rondgestrooide plukjes wolk. Hij bleef ernaar staan kijken tot ze verdwenen en dan voelde hij in zijn binnenste een bodemloos gat. Hij wist niet waarmee dat gat gevuld was: vreugde, angst, verbijstering... of wat? Vervolgens gleed hij van de takken van de boom af en wankelde vol licht verder! Het leek alsof hij een deel van die oplossende wolken was en dat het een stukje uit zijn hoofd was dat in het niets verdwenen was. Hij wist niet dat het de duisternis was! Sinds die tijd had hij geweten dat alles om hem heen zou verdwijnen, net zoals die reusachtige wolken. Hij voelde zichzelf ook verdwijnen en beschreef dat fenomeen in zichzelf als de wolken die hem op hen wilden doen lijken!

De wolken waren veraf vandaag, ze zouden hem niet redden. Ze vervolgden hun weg en verdwenen, lieten hem alleen achter.

Hij wou dat een van hen bij hem zou langskomen, maar dat leek een zomerige droom nu!

Hij kreeg zijn oogleden niet omhoog door de zon en toen hij zijn ogen met moeite had geopend, werd hij overvallen door het licht en begon de stilte te fluisteren. Hij hief zijn hoofd op en maakte zijn blik los van de hemel, keek in plaats daarvan naar de boom. Zijn naam weerklonk tussen het gefluister door, brak het. Hij kwam half overeind, reikhalsde om de bladeren en het stof en de modder van zich af te schudden. Daar was de stem weer, even rauw als eerst, de stem van zijn moeder! Het trof hem dat hij haar naam vergeten was, terwijl hij nog wist dat hij haar vroeger bij haar naam riep! Zijn hoofd voelde zwaar aan terwijl hij het draaide, wie weet kon hij haar ergens vinden. Hij beet op zijn tong om zeker te zijn dat hij kon voelen. De pijn vloeide door hem heen en hij proefde een zilte smaak in zijn mond.

Ali!

Deze keer was de stem duidelijk en helder, hij zag haar weer voor zich nu, daar wandelde ze tussen een paar vrouwen. Met zijn ogen aan haar vastgeklonken zag hij haar vallen en struikelen, hoe ze weer overeindkwam met de hulp van de buurvrouwen, die luid jammerend en in het zwart gewikkeld achter de groep mannen kwamen. Ze vormden een lange rij en wandelden traag en trefzeker over de paden van het dorp, de mannen vooraan met de lijkbaar, hij zag het heel duidelijk voor zich. Hij sleepte het uitgemergelde, gebroken lichaam van zijn moeder voort en liet de mannen die voor aan de processie liepen voor wat ze waren. Dit was hun tweede begrafenis. Er was een maand voorbijgegaan sinds de begrafenis van de man van zijn zus, die herinnerde hij zich niet zo goed. Maar deze dag die hij zich herinnerde, die hij zo duidelijk voor zich zag, was geen droom, het was de begrafenis van zijn broer! Ja, dit was de begrafenis van zijn broer, en hij, hij leefde nog en het licht dat hem overviel telkens als hij zijn ogen opende was niets meer dan de realiteit. Hij was nog op aarde, hij was nog niet dood! Hij leefde nog en zag die beelden voor zich. De inwoners van het dorp hadden zich verzameld voor het nieuwe kerkhof. In die tijd kwam men in het land met allerlei gekke vormen voor kerkhoven op de proppen, graven waar men van wist en andere waar men niets van wist, kleine graven waarin uiteengereten stukken mens werden begraven en andere, reusachtige graven, groot genoeg voor honderden mensen in één gat. In hun dorp hadden ze een stenen kerkhof ontdekt van duizenden jaren geleden. Tientallen jaren geleden begroeven ze hun doden naast hun huizen en had ieder huis zijn graven. Ze leefden samen met hun doden op de kleine oppervlakte die de bergkloven hun gunden. En in die angstaanjagende kloof, zo werd gezegd, bevond zich het graf van drie revolutiestrijders die Fransmannen om het leven hadden gebracht. En in de omgeving waar hun huis op uitkeek, daar waar sinds drie jaar een enorm paleis met hoge muren was verrezen, was nog een ander graf. De eigenaar had er een mausoleum van gemaakt en zijn vader erin begraven en daarop hadden zijn mannen aangekondigd dat dat het nieuwe heiligenschrijn van het dorp zou zijn. De dorpelingen fluisterden stiekem onder elkaar over hoe de eigenaar van het paleis, die hoge pief uit het leger genaamd Abu Zayn, een nieuw schrijn voor de heiligen had gemaakt! Nog zo'n verhaal dat niet belangrijk was, want ze gingen er toch zelden heen om zegeningen te vragen. Een verhaal dat hem niets aanging, nu hij weer op zijn naam gekomen was en het beeld van zijn moeder en de begrafenis voor zich zag. Hij wist trouwens niets over de eigenaar van het paleis behalve dat hij van zijn vader een van Gods heiligen wilde maken. Hij zag de mensen uit het dorp lachen, sommigen toch, terwijl ze dit verhaal telkens weer oprakelden om ermee te spotten en anderen die onvermoeibaar roddelden en verslag uitbrachten over zijn goede daden en de heiligenstatus die hij zo goed als bereikt had. Wat Ali wel wist was dat zijn broer naar Abu Zayn, de vader van Zayn, gegaan was in Damascus en dat hij het was die zijn broer geholpen had om zich aan te melden bij het leger. En dat diezelfde grote officier die eerst nog geen handvol aarde in het dorp bezat was veranderd in de grootgrondbezitter van het dorp. Maar ook dat was onbelangrijk voor Ali, net zoals het onbelangrijk was voor de eigenaar van het paleis. Stenen grond zei hem niet zoveel, hij die zijn dorp een halve eeuw geleden verlaten had en zich in Damascus gevestigd had om vervolgens enkele jaren geleden terug te keren met de eretitel van de oude garde op zijn borst gespeld. Zijn diensten waren overbodig geworden door de komst van de nieuwe garde, en vele dorpelingen waren ervan op de hoogte dat de oude garde de vader-president aanhing, en dat de nieuwe president, zijn zoon, er geen fluit om gaf. En die officier, over wie gezegd werd dat hij verbitterd was over de manier waarop ze hem te verstaan hadden gegeven dat zijn werk voor de geheime dienst niet langer gewenst was, was niet bij hen op de begrafenis. Hij had zijn zoon gestuurd, Zayn, die Ali voor het eerst zag en dat boezemde hem ontzag in. Hij kon hem zich op dat ogenblik herinneren, hij zag zijn vader kijken naar Al-Zayn, de Zayn, met het lidwoord erbij dus, want zo moesten de anderen hem noemen, Al-Zayn. Zijn moeder liep achteraan met de vrouwen, zijn blik liet haar niet los terwijl hij wandelde en wandelde. Er kwam geen einde aan de weg naar het kerkhof van de martelaren, het nieuwe kerkhof speciaal voor de soldaten die in de oorlog gedood waren, aangezien het oude kerkhof van het dorp vol lag met de lichamen van hun jongeren en hun kinderen en er daar geen centimetertje grond meer vrij was! Dat was niks bijzonders in vergelijking met de rest van de dorpen in die bergen en vlaktes nabij de zee, daar herhaalde zich precies hetzelfde verhaal. De kerkhoven begonnen in ieder dorp op te duiken en werden overal precies hetzelfde genoemd, 'kerkhof van de martelaren'! Op die regenachtige winterdag waren ze onderweg naar het kerkhof van de martelaren, ze beklommen de noordelijke weg die uitkwam op een kleine stoffige open vlakte die uitkeek op het dorp aan de overkant. Ze hadden een stuk land gekozen van een van de boeren, wiens zoon een belangrijke ambtenaar bij de staat geworden was. Niet alleen die zoon, maar ook diens zonen was het zo vergaan en ze verschenen alleen nog in hun chique wagens met zwarte ruiten. De mensen uit het dorp noemden de ambtenaar 'de veiligheidsverantwoordelijke'. Hij had het dorp verlaten, maar was tijdens de oorlog als oude man teruggekeerd en had het stuk land waarop het kerkhof van de martelaren opgericht zou worden geschonken. Hij en zijn zonen hadden zich aangesloten bij de milities die als paddenstoelen uit de grond schoten in de bergen en de velden. Hij was er niet bij op de begrafenis, hij niet en zijn zonen niet, ze hadden het druk met het opzetten van controleposten tussen de dorpen en auto's tegenhouden en mensen arresteren… en met god weet wat nog meer, om de woorden van hun buurman te gebruiken.

Het dorp trok met al zijn families achter de lijkbaar aan en ze arriveerden in de vorm van een huwelijksprocessie, de vreugdekreten die de vrouwen slaakten en de schoten die de mannen losten wisselden elkaar af. De officier die verantwoordelijk was voor zijn broer kwam spreken voor de martelaar des vaderland, zoals hij hem noemde, maar ze mochten hem niet zien. Er werd gezegd dat verminkte en uiteengerukte lijken niet aan de families getoond werden. Dat ze in een houten kist moesten blijven, die ze vulden met zand en met wat er overbleef van het lijk en daarna vanuit het ziekenhuis naar het huis van de martelaar en het schrijn gebracht werden. Ze geloofden dat de zielen van hun overledenen het huis moesten bezoeken zodat ze er zouden blijven komen, de ziel was tenslotte degene die de dode zou vergezellen op de tocht naar zijn begrafenis. Maar die dag, met de kist van zijn broer, gingen ze rechtstreeks naar het kerkhof en de families uit het dorp fluisterden onder elkaar dat er van het lichaam van zijn broer niet meer overbleef dan flarden en dat de verantwoordelijke officier daarom had bevolen om het lijk onmiddellijk te begraven.

Zijn moeder stortte in, richtte zich weer op en keek naar de kist die op de schouders van de jongemannen van het dorp rustte. Ze smeekte wanhopig om een laatste blik te mogen werpen op haar zoon en hem gedag te kunnen zeggen, maar de mannen riepen 'God verhoede' en schudden hun hoofden. Ze hadden geen belangstelling voor haar. De vrouwen daarentegen gaven haar klopjes op haar schouder, slaakten hun doordringende gillen en jammerden. Zijn zus, de weduwe die een maand eerder dezelfde weg had afgelegd en die nog geen vijfentwintig was, hield een foto van haar broer in één hand en haar kind aan de andere, ze liep met krachtige, vaste tred, het kleine zusje naast haar. Ze waren met hun familie tussen de andere mensen samengedromd achter de lijkbaar van de grote broer. Ze raakten elkaar kwijt, draaiden angstig om zich heen en voor een moment vergat Ali, net als zij, compleet wat er zich rond hem afspeelde terwijl hij naar de kist van zijn broer keek. Hij vergat het gezicht van zijn broer en de betraande ogen rondom zich. Hij herinnerde zich dat een van de mannen van Al-Zayn tegen een vrouw begon te schreeuwen toen die een jammerklacht liet weerklinken en haar beval om vreugdekreten te slaken, want een begrafenis is voor het vaderland een bruiloft. Hij gluurde naar het gezicht van de vrouw dat angstig naar hem keek, terwijl ze haar gelaatstrekken weer in de plooi trok, haar tranen droogde en gehoorzaam zonder ophouden vreugdekreten begon uit te stoten. Toen had zijn moeder die woorden geschreeuwd: 'Waar ben je heen lieverd van me, waarom heb je me achtergelaten?'

Hij herinnerde zich dat hij achter de lijkbaar liep en dat de sjeik van het dorp hem bij zijn hand greep en erin kneep. Ze gingen het kerkhof binnen en daar had hij het gat gezien, dat was dus geen droom. Diezelfde vorm, diezelfde lagen aarde en roze wormen. Ze lieten de kist naar beneden zakken, de platanen met de eiken rondom hen en het kerkhof ommuurd door de met zorg gestapelde stenen muurtjes. Om zich heen zag hij de ontelbare gaten waarmee het dorp gevuld was. Toen ze de man van zijn zus begroeven, had de grond nog niet zo vol gaten gezeten, maar hij zag het gat en wist opnieuw dat hij de dode niet was. Op dat moment verscheen er tussen de mannen een vrouw met rood haar en hij herinnerde zich dat hij haar kende, maar meer dan dat schoot hem niet te binnen. Haar gezicht bleef een raadsel, maar haar wanordelijke rode haar en haar lange jurk zeiden hem iets. Ze probeerde onopgemerkt in de buurt te komen van Al-Zayn. Ali had er nooit van durven dromen hem te zien of met hem te praten, maar daar stond hij dan voor hem tussen enkele mannen. Ze droegen hun geweren bij zich ook al waren het geen soldaten en ze schoten onvermoeibaar in de lucht toen ze het kerkhof bereikten. Op dat moment rilde Ali. Dat was een jaar geleden, zoiets, hij kon het zich niet herinneren! Hij wist nog dat hij en zijn vader terugkwamen van het werk op de velden, het huis in huilende razernij aantroffen en wisten dat zijn broer er niet meer was. En vele andere dingen zouden zijn hoofd nog doen barsten, aangezien hun huis dat uit twee kamers bestond veranderde in een gastenverblijf voor de buren die van overal toestroomden. Ze brachten eten en drinken mee terwijl ze jammerden en huilden en ieder van hen vertelde over een zoon die ze verloren hadden terwijl Ali's moeder verbijsterd om zich heen keek. Tijdens de begrafenis bleven zijn ogen aan haar vastgelijmd, ze probeerde tussen de mannen naar voren te dringen om bij de kist te komen, maar het lukte haar niet. Toen de vrouw met het rode haar verscheen, greep een van de mannen van Al-Zayn haar vast en verjoeg haar uit de groep mannen die in rijen om het graf heen stonden. Zijn vader streelde zachtjes de kist die in de nationale vlag was gewikkeld, een glimmende, mooie vlag, omzoomd door een stiksel van gouddraad. En zijn vaders vingers kwamen en gingen, terwijl zijn moeder zich een weg naar voren probeerde te banen. Een vrouw zei tegen haar: 'Huil maar Nahla, huil maar!' De naam van zijn moeder was dus Nahla, nu wist hij het weer. Maar Nahla, wier naam hij zich hier, neergesmeten onder de middagzon weer kon herinneren, huilde niet. Toen viel de vrouw met het rode haar op de grond. Ali keerde zich naar haar om en wist wie ze was!

Nu, uitgestrekt tegenover de boom besefte hij dat het de Rosse was. Zijn lichaam rilde tussen de bladeren en hij hoorde een geruis. Hij zag het volledige plaatje van het gat nu voor zich dat hem vertelde dat hij de dode niet was. En, dat de Rosse toen ze naar het graf toe liep, probeerde om de kist aan te raken, zoals ze de mensen van het dorp gezworen had te zullen doen wanneer ze hun zonen aan de aarde moesten afgeven. Iedere keer sleurden ze haar van het kerkhof terwijl ze haar verwensten en uitscholden en haar naar het hoofd slingerden dat ze niet in de buurt van de mannen mocht komen terwijl die hun dode mannen begroeven. 'Dus zo zit dat, hmmm, wij mogen niet in de buurt komen als de mannen de mannen begraven… aahhg!'

De Rosse bleef die zin herhalen en spuwde! Maar ze liet zich niet zo snel van de wijs brengen. Ze liep om de groep mensen heen die haar hadden weggejaagd en sloop er weer tussen. Ze greep de jurk van moeder en sleepte haar achter zich aan, ontglipte de armen van de vrouwen rond haar. De rangen van de mannen waren massief, ze stonden dicht op elkaar gepakt en luisterden naar de sjeik terwijl die het openingsvers van de Koran las voor de ziel van zijn broer. Een zoon van het dorp die niet veel mensen kenden. Sommigen wisten wie hij was omdat hij als arbeider op hun land had gewerkt voordat hij zich had aangeboden bij het leger. Hoe dan ook was de plicht om in dit koude, regenachtige weer op te dagen voor zijn begrafenis onontkoombaar. Ze zaten tenslotte allemaal in hetzelfde schuitje en vroeg of laat zouden zij hun zonen verliezen. Sommigen herinnerden zich dat de martelaar en zijn familie bij het voor hen onzichtbare soort mensen hoorden, dagloners, en als ze op hun religieuze feestdagen geen stukken vlees zouden uitdelen aan de arme families van het dorp, zou het zelfs niet bij hen opgekomen zijn om te stoppen en hen te groeten. Ze stonden op het kerkhof te wachten tot hun plicht erop zat en ze terug konden keren naar de orde van de dag: de kinderen die nog over waren eten geven. Ze hadden echt geen tijd om te luisteren naar een seniele oude vrouw die ze 'de Rosse' noemden. Toen iemand riep dat de martelaar zich opgeofferd had voor de president en een foto van hun president omhooghield, riep een ander dat hij gestorven was voor het vaderland en de sjeik zei: 'God zij geprezen, ook in de dood. Al die heisa is nergens voor nodig jongens… God hebbe zijn ziel.' Naast hem stond de nieuwe sjeik, een van de mannen van Al-Zayn. Ze betuigden hem dan wel geen respect meer, hun oude sjeik, maar ze vreesden hem wel. Vandaar dat, zodra hun sjeik die woorden had gesproken, de sjeik van Al-Zayn naar voren kwam en schreeuwde: 'We zijn allemaal martelaren voor de president én het vaderland.' Een gewapende man ging naar de sjeik toe en fluisterde hem iets in het oor en daarop verbleekte zijn gezicht en werden er schoten gelost en kalasjnikovs de lucht in geheven. De mensen beefden en de vrouwen stootten hun doordringende gegil uit en de mensenmassa leek heen en weer te deinen op de golven van de schoten. De vrouwen riepen de namen van hun gesneuvelde zonen en vroegen de gesneuvelde broer om hun groeten en liefde over te brengen aan hun zonen in de andere wereld. De namen weerklonken van overal en vlogen samen met hun kreten door de lucht, iedere naam vergezeld door een nieuw salvo. En tussen al dat gedoe, slopen zijn moeder en de Rosse tussen de voeten van de mannen door en plots stond de moeder voor de kist, terwijl de mannen hun blik op de hemel gericht hadden die de her en der weerklinkende schoten in ontvangst nam en het geluid van de kreten van de voortstrompelende jongeren: 'Neem de martelaar op jullie schouders… vandaag vieren we de martelaar, zet hem op jullie schouders, maak een erehaag voor hem.' De vrouwen slaakten indringende kreten en een man schreeuwde dat de zeggenschap van de mens over de aarde ten einde gekomen was, maar Nahla was bij de kist gekomen en schreeuwde: 'Ik wil mijn zoon zien, ik wil hem ruiken!' Iedereen deinsde achteruit, Nahla lag languit over de kist heen, omhelsde hem, klampte hem stevig vast. De regen was opgehouden en het lichaam van de moeder zat als genageld aan de kist vast. Ze was met geen kracht ter wereld te verplaatsen. De nationale vlag gleed in het gat en zij plakte aan het hout terwijl ze de kist probeerde te openen. De mannen haastten zich om haar uit die houdgreep te trekken, maar ze worstelde zich vrij. En Ali zag Nahla, hij keek naar haar, maar hielp zijn vader en de mannen niet om haar weg te trekken. Was het zo gegaan? Ja, het was de begrafenis van zijn broer, zeker weten. Hij herinnerde zich dat Nahla met de kist in het gat stortte. Dit alles was een schandvlek voor haar, een inbreuk op de tradities die vrouwen verboden om naast de mannen bij het graf te staan. Eerst viel zij en toen, boven op haar, de kist, dichtgenageld en niet open te krijgen. Een seconde lang was het stil en leek het of Nahla zelf begraven was! Ze maakte geen geluid, kreunde noch huilde. Ze hoorde geschreeuw en tumult, voelde zich alsof haar botten versplinterd waren onder het gewicht van de kist. Ze opende haar ogen en zag de uitgestrekte handen van de mannen om de kist opnieuw uit het gat te halen. Ali keek naar haar met wijdopen ogen maar ging niet naar voren om haar te helpen! Hij stond als versteend te staren naar de mannen die zijn moeder uit het gat probeerden te trekken. Ze was er, dan toch, in geslaagd om haar zoon gedag te zeggen, ook al had ze enkel de geur van de kist geroken en het vloeken van de mannen gehoord die haar ervan beschuldigden een vrouw te zijn zonder eerbied voor de religieuze gebruiken en het heiligdom van de dood. De Rosse beledigde en vervloekte de mannen en zei tegen hen dat ze gespuis waren en dat ze de arme vrouw afscheid van haar zoon moesten laten nemen. En toen Al-Zayn tegen haar zei dat ze haar mond moest houden en moest maken dat ze van het kerkhof kwam, antwoordde ze hem met vaste stem: 'Rot toch op, onheilsbrenger!' en spuwde hem in zijn gezicht. Een van de mannen foeterde haar uit en duwde haar met de punt van zijn geweer weg. Meer van dat kon ze niet verdragen en ze viel naast het gat op de grond terwijl ze toekeek hoe de vingers van Nahla zich als nagels in de kist boorden.

Ali pakte zijn moeder vast nadat de mannen haar omhoog hadden gehesen en liet de mensenmassa achter zich. Eerst ondersteunde hij haar, maar toen zakte ze tussen zijn handen in elkaar en moest hij haar met één arm dragen. Hij draaide zich niet om en schonk geen aandacht aan de opmerkingen van de mensen om hem heen. Achter hen liep de Rosse met haar stok, tierend en hinkend. Het gezicht van Nahla was asgrauw, haar kleren nat van de modder en haar armen en benen trilden. De mannen en vrouwen vergaten haar aanwezigheid en sloofden zich uit in hun rouw om de gesneuvelde jongeman. Maar per toeval draaide een van de vrouwen zich om naar Ali terwijl hij zijn moeder wegdroeg. Daarop begon ze te jammeren en zijn moeders naam te schreeuwen en draaide iedereen zich om naar Ali en zijn moeder terwijl ze de begrafenis verlieten. Ze hadden zichzelf die dag verbolgenheid op de hals gehaald en calamiteiten waarvan ze de omvang niet beseften. Ze riepen dat hij terug moest komen, maar Ali stopte terwijl hij zijn moeder met één arm bleef ondersteunen en vervloekte schreeuwend hun vaders en moeders. Op dat moment kon hij, voor het eerst in zijn leven, de gekloofde wangen van zijn moeder, door kou of zon, dat wist hij niet precies, aanraken. Hij had enkel besef van dat ruwe gevoel van het rode gekloofde vel en de dode stukjes huid die als doorns uit de wangen van zijn moeder staken. En zij maakte dat hij eindelijk, terwijl hij met droge ogen naar de hemel staarde, het reutelen van zijn keel kon horen.

3

Aan de andere kant, achter de boom en onder de brandende stralen van de zon, zag hij iemand... Een levend wezen, een hersenschim die de meedogenloze stilte gecreëerd had misschien, of een vijand, net als hij en zijn kameraden weggeslingerd door het bombardement.

Roest? Was het angst die hij proefde? De roestige smaak van angst die hem de laatste tijd zo vertrouwd geworden was. De smaak van roest is niets meer dan de geur van explosies, en kijk hoe gemakkelijk hij die doorslikt. Zijn hart beukte, hij tilde zijn hoofd omhoog om het hoofd aan de andere kant in de gaten te houden en het andere hoofd deed precies hetzelfde. Hij ademde gulzig en diep in en sloot zijn ogen.

Midden in de lucht beeldde hij zich in hoe hij en die ander eruit moesten zien, twee mannen die de droge takken, de boombladeren, de modder en het stof van zich afschudden en hun hoofden opheffen, elkaar bestuderen met in de verte de zee, schijnbaar eindeloos aan de horizon. Het was een gewoonte van hem om dat soort beelden te schetsen, zijn ogen te sluiten en zich in te beelden dat hij de dingen van bovenaf zag. Geboren op een hoge top, keek hij altijd maar naar de dingen onder zich en wanneer hij in de boom naast hun huis klom, was er behalve de hemel niets hoger dan hij. Van daaruit beeldde hij zich zijn moeder in, hoe ze eruit zou zien vanuit de lucht, zijn boom, zijn hut, de paden van het dorp, de Rosse, en de lijnen van de bergen die elkaar vinden in de valleien. En hier, nu, was hij in staat het tafereel voor zich te zien, een levend iets dat bewoog, hem observeerde en zijn bewegingen imiteerde, dat een exacte kopie van hem leek! Geen vogels in de lucht. Vreemd dat de vogels zich schuilhouden op een zonnige zomerdag. Maar de bergen, die in duizenden jaren ontelbaar veel oorlogen en bloed hadden zien passeren, strekten zich rustig uit tot aan het begin van de zee, er vast van overtuigd dat dit alles iets van voorbijgaande aard was. Zij zouden zich niet uit het lood laten slaan door de raket die verkeerd was ingeslagen toen een van de vliegtuigen zijn lading loste boven de patrouille die op de top gestationeerd was.

Waarom had het vliegtuig die raket laten vallen?! Ali snapte het niet. Hoe konden ze een raket op hen afvuren terwijl ze hen juist beschermden?! Wat was er verkeerd gelopen? Hij kon niet bewegen, rond hem was alles een vertroebeld waas. In een flits herinnerde hij zich dat hij gewond was, maar niet kon zien waar de wond zich bevond en dat hij alleen was en de andere soldaten omgekomen waren in de vlammen – of hoe ze ook gestorven mochten zijn – hij zag er in ieder geval geen een, hoorde zelfs geen gekreun.

Hij was dus alleen! En deze boom, die hij kende als de palm van zijn hand, in zijn geheugen gegrift zoals het reliëf van de bomen van het dorp, leek hem de tweeling van zijn boom in het dorp. Zijn hart gloeide, het moest in de sterren geschreven staan. De boom zou hem beschermen, dat wist hij gewoon. Hij had tenslotte ook de schrijnen beschermd, had iedereen beschermd die zijn toevlucht bij hem zocht.

Zodra hij zijn bovenlijf overeind kon hijsen en op zijn rechterpols steunde, schreeuwde hij het uit van de pijn en zeeg weer neer. Tegenover zich zag hij het andere hoofd omhoogkomen en schreeuwen om daarna net als hij naar beneden te glijden. De echo van het geschreeuw weerkaatste tussen de bergen en de beweging verwarde hem. Het leek of hij zijn eigen schaduw zag of een schijnwereld die parallel liep met zijn wereld. Misschien was het de laaiende hitte van de zon, ja, dat leek hem te kloppen. Of misschien was híj daar! Misschien waren de bewegingen die hij bleef herhalen vanaf de andere kant te zien als schaduwen en zag hij zichzelf terwijl hij zijn spel met de beweging van de ander – of van zijn schaduw, of hallucinatie, of wat het ook was! – echode. Hij was nergens meer zeker van, behalve van het feit dat hij wachtte op iemand die hem zou komen redden. Misschien was er nog niet zoveel tijd voorbijgegaan en was het wachten dat hem meer dan een eeuw leek in feite niets meer dan enkele uren geweest. Wanneer was de raket ingeslagen? Hij kon het zich niet herinneren! Stukje bij beetje heroverde hij zijn hoofd. Zijn ene boom. Zijn andere boom! En die vrouw kende hij ook. Hij kon haar steeds duidelijker zien tot hij zich de kleur van haar in de tijd verdronken ogen herinnerde, hun grijzig bleek als van een blinde terwijl ze niet blind was, niet helemaal. Ze wees met haar trillende vinger en zei hem: 'Hierzo, met het hoofd, ik zie met mijn hoofd, niet met mijn ogen.' Zij was het die hem gezegd had dat de boom van het schrijn haar enige vriendin was. En dat ze zich bekommerde om de zoon van haar vriendin. In het dorp beten ze haar toe dat ze die nonsens van haar voor zich moest houden, de jongen was immers al zwakzinnig genoeg, en dan spuwde ze op hen.

Hij leerde zichzelf opnieuw kennen! Hij zag de Rosse, die hem het verhaal van de bomen vertelde, weer voor zich. Hij moest zich concentreren, hij had niet veel tijd. Het had hem een halve dag gekost om bij te komen en zijn bovenlichaam in beweging te krijgen. Om te weten te komen dat hij leefde, wie hij was en wat zijn naam was en om zijn moeder en haar naam te achterhalen. En nu, nu wist hij plots weer wie de Rosse was. Hij moest vergezeld zijn door hulp van bovenaf, anders zou die oude vrouw nooit in zijn hoofd zijn opgekomen. De vrouw tussen wiens handen hij groot was geworden, die hem de taal van de bomen had bijgebracht en die altijd zei dat het de bomen zijn – in tegenstelling tot wat leugenaars beweren – die de aarde bij elkaar houden, haar diep naar beneden, naar een punt in haar binnenste toe trekken. De mensen uit het dorp lachten om de vrouw die meer dan honderd was, maar haar haar nog steeds met henna kleurde, in een rood dat in de loop van de jaren steeds meer veranderde in een schreeuwerig oranje. De afgelopen dertig jaar had ze daarbij de hulp gevraagd van een van de vrouwen. De keuze viel op lukrake wijze, ze klopte op een van de deuren, riep een vrouw bij haar naam en beval haar naar buiten te komen om haar haar te kleuren. De mensen uit het dorp vonden het lachwekkend, maar voor haar was het een zaak van leven of dood, ze haatte grijze haren! Dat zei ze meermaals tegen Ali en spuwde de tijd daarbij in het gezicht. Ze leefde onder aan de boomstam, maar dat weerhield haar er niet van om netjes en ordelijk te zijn en zorg te besteden aan haar haar en haar gekke kledij. Een lang gewaad met een gekleurde riem in het midden en om haar hoofd bond ze een geborduurde doek waarvan ze zei dat die zo oud was als zijzelf. Hij was gemaakt met een dunne haaknaald en garen van graankleurig zijde, en op koude dagen wikkelde ze hem rond haar gezicht zodat enkel haar ogen te zien waren. Ze had over die doek met evenveel zorg gewaakt als over haar leven. Ze zou Ali allerlei dingen vertellen. Voor hij bij het leger ging vertelde ze hem dat ze wist dat ze in het jaar 2013 waren en dat zij honderd jaar geleden was geboren! En dat ze langer zou leven dan nodig, maar dat ze, als ze zou komen te sterven, gelukkig zou zijn omdat ze een eeuw lang had geleefd en zodoende het grootst mogelijke aantal gespuis, zoals ze hen noemde, het bloed onder hun nagels vandaan had kunnen halen. En toen ze Ali op een dag, terwijl ze onder de boom van het schrijn zaten, vroeg of hij de liefde al had leren kennen, had hij niet geantwoord. Zijn gezicht was niet rood geworden, er was geen enkele reactie te zien geweest. Hij bleef naar de leegte staren en voelde een diepe pijn die hij nooit eerder had gevoeld. De Rosse schreeuwde met luide stem: 'Luister Ali, wie de liefde niet kent, kent het leven niet, kijk!' Ze stond bevend rechtop en stamelde: 'Neem mij nu... ja ikke... Turken, Fransen, Arabieren... ik ken ze allemaal... ik heb liefde gekend en mijn hart zal rustig kunnen sterven... kijk naar die bergen... ik ken ze allemaal en achter elke berg zit een verhaal, ach ja, de tijd.' Op dat moment, voor ze haar zin had afgemaakt, kwam er een man voorbij aan de buitenkant van het schrijn. Hij vroeg haar schamper of ze niet beschaamd was om haar grijs geworden haren, maar ze schonk geen aandacht aan hem en herhaalde spijtig het einde van haar zin: 'Ach ja, de tijd!' Ze lachte en vervolgde terwijl ze met haar hand naar het hoogste punt van de berg aan de overkant wees: 'Daar... daar... waar mensen zoals jullie de wreedheid van het leven niet kunnen verdragen, daar leefde ik.' Ze zei het alsof ze aan een gewichtige toespraak begon. Ali was verrast, want hun huis lag op de top van de berg en hij had niet gedacht dat er een top was die hoger was dan die van hen. Ze lachte opnieuw en deed dat op haar eigen manier, met een lang geschal dat pas ophield als ze naar adem snakte en de tranen langs haar wangen naar beneden liepen. 'Moge God ons beschermen voor lachen zoals dit,' zei ze. 'Al gezien dat de mensen bang zijn als ze lachen...? Ik zeg het u, zelfs om te lachen zijn we bang.' En ze lachte!

Toen Ali geboren werd en twee dagen lang niet huilde, al was zijn ademhaling wel te horen, dacht iedereen dat hij zou sterven. De Rosse zorgde voor families zoals die van Ali, het is te zeggen, dat zorgen voor bestond eruit dat ze hen van tijd tot tijd kwam opzoeken. Toen ze hoorde dat Nahla een verzwakte jongen ter wereld had gebracht, sleepte ze haar voeten en haar stok zo snel als ze kon met zich mee, ging zonder toestemming te vragen het huis binnen en zei tegen de doodsbange Nahla dat haar zoon zou leven. Ze schreeuwde hun toe dat ze de boreling nog zouden verstikken door zich zo te verdringen in die kamer: 'Een kamer zo nauw als de foef van een schorpioen! En dat terwijl je hem net wat ademruimte wilt geven!' Daarop beval ze Nahla om hem op te pakken en haar te volgen naar het schrijn.

Ondanks het feit dat ze haar gek noemden, had de ervaring hun generatie na generatie geleerd om gehoor te geven aan die vrouw die begiftigd was met een vreemde kennis, waarvan niemand wist waar ze die gehaald had. Vroeger las ze, maar daar was ze tien jaar geleden mee opgehouden, toen haar zicht verslechterde. Ze zong in een vreemde taal waarover Ali hoorde zeggen dat het Syriac was, terwijl anderen zeiden dat ze Turks geleerd had omdat ze bij de Turken had gewoond nadat haar vader verdwenen was tijdens de Ottomaanse mobilisatie van Seferberlik en dat ze Frans kende omdat ze als verpleegster had gewerkt bij de Fransen. Dat ze een van hun ingenieurs had vergezeld die plannen tekende voor de bouw van bruggen. Dat ze had vertoefd bij een van de delegaties die de Franse mandaatregering had gestuurd om een school te bouwen in een van de bergdorpen en dat ze daar had leren lezen en schrijven. Er was zelfs iemand die beweerde dat ze aanwezig was geweest bij een van de gelegenheden waar generaal Gouraud ontvangen werd. Anderen zeiden dat ze op goede voet had gestaan met Sjeik Saleh Al-Ali en zijn mannen. Allemaal verhalen en legendes die over haar verteld werden en niemand die wist hoe het nu eigenlijk echt zat. Ze was vanuit de verre bergen in het noorden gekomen, daar waar de provincie Iskanderun – toen nog een deel van Syrië – lag, en de dingen waren ook voor haarzelf een wirwar geworden. Ze wist enkel nog dat ze geboren was op de dag waarop een van de vele oorlogen uitbrak die de mensen maar bleven bedenken en dat ze tot op dit moment sterk gebleven was, had ze te danken aan haar geheugen, zoals ze altijd zei. De verhalen die ze over zichzelf vertelde werden voor vele mensen gebeurtenissen waar men zijn twijfels bij diende te hebben. Ze waren werkelijk bang van haar, zij en de dood waren immers vrienden.

Op dat moment, negentien jaar geleden toen Ali geboren werd, was ze nog steeds aanwezig in hun dagelijkse leven en luisterden ze naar haar. Vandaar dat Nahla zich repte om met trage pas achter haar aan te wandelen, niet omwille van haar eigen gebrek aan kracht, maar omdat de Rosse zich, naarmate haar leven zich verder uitstrekte, de gewoonte had aangemeten om zo erg te manken en voorover te buigen dat de mensen die haar zagen bij elke stap dachten dat ze zou omvallen. De Rosse bleef met Nahla bij het schrijn, ze wreven het lichaam van Ali in met gewijde olie en de Rosse beval Nahla om hem dicht bij de boom van het schrijn te leggen die zich eindeloos vertakte. Die talloze takken hadden een vierkant gevormd dat groot genoeg was voor vier mensen om te zitten en in dat vierkant legde ze Ali. Ze stak wierook aan boven op de dichtstbijzijnde tak en prevelde aan een stuk door vlak bij hem. De boom legde het schrijn beschermend in zijn schaduw, net als alle schrijnen waarmee de velden en de berg aan de zee bezaaid waren, bomen die honderden jaren oud waren en die, dankzij hun heilige status, door geen mensenhanden waren geschonden.

Die boom, die jaren later een toevluchtsoord zou worden voor de weduwen van het dorp en die aan een buurt zou grenzen die tijdens de oorlog de wijk van de weduwen werd genoemd, die boom was de plek waar Ali zijn allereerste schreeuw liet horen. Zijn vader, zijn moeder en zijn broers en zussen verdrongen zich rond hem, stamelden en dankten God omdat Hij hem gered had. 's Avonds kwam de dokter van het dorp en informeerde hen dat de pasgeborene in goede gezondheid verkeerde en dat ze terug naar huis moesten keren.

In de jaren die volgden, zouden de mensen uit het dorp de jonge Ali keer op keer vertellen dat de Rosse hem gered had en hun had meegedeeld dat hij een kind van de boom was en dat God een nieuw leven voor hem geschreven had. Maar de Rosse had Ali, toen hij groter werd en naar de dorpsschool ging, op het hart gedrukt om geen aandacht te besteden aan de praatjes van die dwazen en zei dat ze toen gedaan had wat ze gedaan had om hem uit die benauwde kamer te krijgen die zij een huis noemden. Maar dat wilde niet zeggen dat hij geen kind van de boom was! Jaar na jaar vertelde ze hem verhalen uit alle uithoeken van de wereld. Ze kwam 's morgens op bezoek en ging 's avonds weg en wanneer Nahla morrend protesteerde, zei ze: 'Wat, ben je vergeten dat hij zijn leven evengoed aan mij te danken heeft als aan jou?' Dan zweeg Nahla en liet haar blijven. Toen hij vier was, begon ze hem te vergezellen naar het schrijn. Voor Ali zou het uiteinde van de takken van de bomen – naast het dak van hun huis dat vlak tegen een bergrichel stond en zijn hut – een puur plezier zijn. Tussen die takken zou hij leren vliegen tot hij zich met lichte sprongen tussen de bomen kon verplaatsen en ze hem tussen de bomen van het bos zagen zweven, zich handig verplaatsend van het uiterste van de ene tak naar het uiterste van een andere. Ten slotte zou hij zich tevredenstellen met een leven tussen de boom van het schrijn en de boom van zijn hut. En tussen de takken van die twee bomen zou hij heen en weer vliegen. De mensen rond hem zouden ontdekken dat hij zelden sprak en dat hij met de vogels kon praten, en de kinderen van het dorp gaven hem de bijnaam 'de merel van de Rosse'.

Het dorp was gebouwd op een kleine oppervlakte, met de huizen tussen de terrashellingen van de berg in. In het midden stond een aantal kleine, arme huisjes die de Rosse regelmatig bezocht. Ze passeerde ze een voor een, maar eten deed ze enkel op de binnenplaats van het schrijn. Dat was een regel die iedereen kende en er stond daar steeds een bord op haar te wachten dat de families voor haar klaarzetten. Later, toen ze tijdens de oorlog verdronken in hun zorgen en hun beproevingen en hun honger, vergaten ze haar voor een tijdje om daarna weer aan haar terug te denken. Het was een geluk voor haar dat de families naar het schrijn trokken om er offerdieren te slachten die hun kinderen aan de frontlinies zouden beschermen, want de Rosse was de eerste die van dat soort zegeningen van het schrijn mocht genieten. Ze noemde zichzelf steevast de hoedster van het schrijn en van de woorden van een vrouw als zij lagen de mannen niet wakker. Haar fragiliteit en haar gebazel maakten dat ze haar slechts zagen als een hond die gevoed moest worden. Alleen daarom verdroegen ze haar uitspraken, maar tijdens hun religieuze bijeenkomsten joegen ze haar weg en lieten ze haar niet in de buurt van het schrijn komen. Later had de nieuwe sjeik van het dorp er een gewoonte van gemaakt om haar te vervloeken en te beschimpen zonder dat iemand hem daarvan durfde te weerhouden en velen waren zijn voorbeeld gaan volgen.

Niemand kende de Rosse haar echte naam en zijzelf zei dat ze hem vergeten was. Er werd gezegd dat haar echte naam Yamama was en Ali zat op haar schoot toen ze een man in het gezicht spuwde nadat hij haar Yamama had genoemd. 'Yamama is dood,' zei ze tegen de man. 'Hoe heet je dan?' vroeg Ali. 'Ik ben de zus van de boom, onnozelaar,' zei ze, 'en Ali is zijn zoon!'

Ali herinnerde zich dat ze onder aan de boomstam woonde, aan de kant waar de zon onderging. Ze zei dat dat de beste plek op de wereld was om te wonen omdat ze ervan hield om samen met de zon te gaan slapen. Haar deur was naar de zon gericht en zodra die in de zee verdween, sloot ze haar deur en haar ogen en verdween met haar opeengestapelde spullen. Geen mens had haar ooit na zonsondergang gezien. En toen een van de vrouwen haar venijnig had gevraagd waarom ze haar haar eigenlijk oranje kleurde, had ze geantwoord: 'Da's de kleur van de zon… hij heeft mij die gegeven.' Ze bouwde haar barak recht onder de boom, op dat moment was ze nog ergens in de vijftig en de mensen rond haar hadden haar geholpen toen ze hun had gezegd dat ze de dienaar van het schrijn zou worden, ook al was dat verboden voor vrouwen. Ze stemden ermee in dat ze bleef en dat ze haar zouden beschermen toen ze hun vertelde dat ze een wees was. Een barak van hout en golfplaten die zij thuis noemde en die bestond uit één kamer die volgepropt zat met geheimzinnige spullen! Behalve Ali wist niemand wat daarbinnen was. Aan de voet van de boom had ze een gat gehouwen in de rotsen, dat dienstdeed als haar stoel en dat ze bedekt had met kussens. Er was ook een oud stenen bassin waarin ze fruit en groenten weekte en haar kleren waste. Ze mocht langsgaan in de tuinen om ongestraft peren, appelen, perziken en alles wat ze maar wilde te plukken, maar haar grootste genot was om een sigaret te maken met tabak uit de streek. Ondanks het trillen van haar zwakke vingers was ze nog steeds in staat om met grote deskundigheid een sigaret te rollen. De boeren gaven haar de tabaksbladeren voor niets zodat ze die zelf kon malen. Ze nam een blad tabak, spreidde het voor de ogen van de kleine Ali uit en scheurde het in twee stukken. Ze rook eraan en schetterde: 'Och god! Niks beters dan tabak van hier, van die goeie stinkende!' en dan vertelde ze hem dat verhaal en nog vele andere. De geur van stinktabak, zei ze, dat was de geur van het leed van de armen die tweehonderd jaar geleden in deze bergen leefden. Ze legde hem uit hoe de boeren toen tegen de Turken in opstand gekomen waren omwille van de belastingen die hun opgelegd werden en hoe de feodale families uit de dorpen van deze bergen met de Turken hadden samengewerkt. De boeren kregen hun oogst niet verkocht en een jaar lang bleef die in hun huizen liggen, een jaar waarin ze stierven van de honger. Ze gebruikten één kamer, waarin ze sliepen, aten, dronken en voor hun beesten zorgden. In diezelfde kamer hingen ze de tabak aan draden, ontstaken hun gasfornuisjes en baarden kinderen! Ze zei dat het een uniek soort tabak was omdat ze de geur van de mensen bewaard had. De tabaksbladeren hadden de geur van hun dieren gedurende een heel jaar in zich opgenomen en vervolgens hadden ze hun oogst onderhands verkocht aan Egyptische handelaren via het volk van de bergen en de leenheren van de grote families op wiens gronden ze werkten. Ze zei dat de mensen in die tijd waardigheid hadden, dat de rijken uit die families rijker werden en de boeren die hun geur en hun miserie verkochten armer. Maar dat dat hen er niet van had weerhouden om zich te bekwamen in de productie van die tabak nadat de Egyptenaren er hun goedkeuring aan gaven en hij befaamd werd onder de naam Latakia Tabak. Ze zou hem zeggen dat ze voor het instituut voor tabak gewerkt had voordat de staat het gemonopoliseerd had en dat haar neus de verschillende soorten tabak er zo uithaalde, op basis van hun geur en zonder ernaar te kijken! Ze lachte terwijl ze Ali dit vertelde, hij die van haar zoveel verhalen hoorde, en ze vertrouwde hem toe dat ze hem ooit haar echte verhaal zou vertellen, wanneer hij een man geworden was, dat zou ze doen, ze beloofde het.

Gedurende de afgelopen vijftig jaar verboden ze haar om het schrijn schoon te maken. In eerdere tijden hadden ze haar toegestaan om dat onder supervisie van de dienaar van het schrijn te doen. In die vervlogen dagen van tientallen jaren geleden, de dagen die niemand van hen zich nog herinnerde – ze waren bereid om te vergeten, om het leven, of toch enkel de zoetigheid ervan, te vergeten; wat bitter is verdwijnt nooit uit het geheugen! – in die tijd dus, waren de dienaren van het schrijn ascetische soefi's. De sjeiks, geestelijken, brachten hun dagen door met lezen en schrijven en met het bestuderen van de beginselen van de taal, religie en poëzie, daarnaast hadden ze spirituele en sociale autoriteit binnen hun gemeenschap. Toen zag een nieuwe categorie sjeiks het licht, ze verschenen samen met de groeiende macht van de vader-president in de jaren tachtig. Bij hen kwam de Rosse niet in de buurt, zij had haar kennis verkregen van grote sjeiks die vertrokken waren. Van hen had ze veel geleerd, ze had naar hen geluisterd, had hen gevolgd en een voorbeeld genomen aan wat zij zeiden en niemand had in de gaten gehad dat de vrouw met het rode haar die zichzelf 's nachts bij vreemde namen noemde alles wat ze zeiden onthield en dat ze dag na dag dichtregels van grote vooraanstaande mannen van het geloof, prinsen en heiligen begon op te dreunen en dat ze de Koran vanbuiten leerde en hem zingend reciteerde op ochtenden. En zij genoten van haar uitgelaten, melodieuze stem. Van haar leerde Ali poëzie en de Koran, en de stemmen van de bomen en de vogels. Trouw bezocht hij haar bijna dagelijks. Dit maakte Nahla rancuneus, in het bijzonder toen de mensen begonnen te roddelen dat de Rosse Ali had bezoedeld met een vleugje van haar gekheid. De Rosse keek trots naar hem terwijl ze zei: 'Hij daar wordt een religieus en rechtvaardig man.' En zijn woedende moeder, opgeslokt door het dagelijkse werk op andermans grond, vergat de zaak weer.

Ali hief zijn hand omhoog en steunde erop. Daarna kwam hij overeind en zag de plek waar hij getroffen was. Zijn rechterbeen was opengereten van boven aan het dijbeen tot aan de helft van de kuit. De stof was gescheurd en onthulde een lange wond, maar het beeld van de Rosse deed de spieren van zijn gezicht ontspannen. Hij ging met zijn vingers langs de randen van zijn diepe wond, brandde zich aan de plakkerigheid van zijn bloed en was er zeker van dat wat hij had gezien toen hij net bij bewustzijn kwam, niets meer was dan een waanvoorstelling van de begrafenis van zijn grote broer op het kerkhof. De Rosse was immers daar geweest – voor de eerste keer in een lange tijd – geagiteerd, angstig kijkend naar hem en naar de kist. Ze stond naast hem terwijl ze stamelend fluisterde: 'Misschien is het tijd voor jou om het dorp te verlaten, ahhh, mijn hart.' Vervolgens had ze zich van hem verwijderd en had ze de hand van zijn moeder gegrepen en haar meegetrokken om tussen de voeten van de mannen door te glippen. Hij zou zijn gewonde been bewegen en hij herinnerde zich dat ze die middag in het gezicht van Al-Zayn had gespuwd. Desondanks draaide hij zich toevallig in de richting van de zon, daar waar zijn evenbeeld bewoog en naar de zon keek, net als hij steunend op zijn rechterpols. Hij was hem op dat moment vergeten, hij wilde weten hoever de zon van de top van de tegenoverliggende berg lag om in te schatten wat er van de dag overbleef.

4

Daar ging de bal tegen de grond!

Hij herinnerde zich de pijnlijke plek op zijn hoofd en hoe zijn gezicht onder het stof kwam te zitten nadat die slag, op exact dezelfde plek als waar hij nu pijn had, hem onderuithaalde. De hevigheid van de pijn viel niet te vergelijken, maar toch zag hij hem, zag hij de voetbal die hij had weggekatapulteerd rondtollen en als een wervelwind uit het zicht verdwijnen om vervolgens weer te verschijnen en op zijn hoofd neer te komen.

Ali probeerde niet te bewegen op dit ogenblik. Het drogbeeld van de bal die hem in een zwart gat kegelde, bracht hem opnieuw in verwarring ondanks het feit dat het stof zijn wang streelde en hij de wortels kon voelen – sommige leken op kronkelende adders – , ondanks hun vertrouwde geur in zijn neus. Hij hing ergens tussen het leven en de dood, of tussen de dood en het leven, is er eigenlijk zo'n groot verschil tussen die twee manieren om het te zeggen? Hij liet het verschil voor wat het was, hij hield niet van taal, vond het fijner om zich te verliezen in zijn eigen wereld. Toen hoorde hij de schreeuw die, gebroken in kleine, scherpe stukjes door hem heen sneed en hem als een zwak gekerm bereikte. Er kwamen rimpels in zijn voorhoofd en overspoeld door een golf van pijn, verdween de wereld rondom hem. Daar waren de stemmen weer, ze kwamen vanuit zijn hoofd naar hem toe en hij hoorde opnieuw die schreeuw terwijl de bal tolde en tolde: 'Neeeeh… mensenlief, luister allemaal, de president is dood, God verdoeme jullie allemaal, de president is dood... neeehh, mensenlief, luister dan toch.' De zin schalde in zijn oor, drong zich opnieuw aan hem op.

Die zin, wie zei dat? 'Neeeeh... mensenlief... luister allemaal... de president is dood...' Hij kwam terug nu, die zin, en het duizelde hem, omsingeld door allerlei gevoelens tegelijk. Vastgeketend in de lucht, brandend in de zon, vallend in een diep gat en ondertussen zag hij die bal, die neerplofte en nog een stukje verder rolde op de kleine speelplaats van zijn school. Hij was op zijn school, op die angstaanjagende dag. Hij herinnerde zich de dreun die de eigenaar van de winkel naast de school hem had verkocht, die dunne bruine man met de uitpuilende wangen die erin slaagde zijn vrouw elke negen maanden vol te steken. Ali zag haar, steeds maar weer opgezwollen, naast haar man in de winkel staan, zeulend met kartonnen dozen die ze uitpakte. En haar kinderen, en dat waren er veel, waren als een merkwaardige sliert graatmagere wezentjes die om haar heen sprongen, hij hield ervan om ze met bruine wormpjes te vergelijken. De eigenaar van de winkel, die hem met die bal raakte en daarna iedereen bedolf onder een pak slaag, pronkte graag met zijn kinderen die rondom hem kleine huisjes bouwden en zelf kinderen kregen – of zoals Ali hen beschreef, wormpjes, die zich hier en daar tussen de bergen verspreidden. Ondanks zijn vijftig jaar hield de eigenaar van de winkel er niet mee op zichzelf te omschrijven als een aangeklede aap. Ali kende de betekenis van dat spreekwoord – het betekende dat hij slim was – en hij lachte daar niet om en verbaasde zich er ook niet over. Hij wist ook dat hij van diezelfde man een ontzaglijke vuistslag te verduren kreeg nadat die de bal op hem gemikt had. De bal die voor zijn ogen bleef dansen terwijl hij bij de boom probeerde te komen. 'Neeeh, mensenlief, luister iedereen... de president is dood, hou jullie koest in jullie huizen, God de lieve heer, laat ons allemaal sterven.' De kinderen schreeuwden, maar Ali niet! Met meer dan tien kinderen waren ze op de binnenplaats van de school. In de muur van de school zat een cirkelvormig gat dat groot genoeg was om met hun kleine lichamen door te kruipen. Een lagere school in het midden van het dorp en daarbinnen bevond zich de enige uitgestrekte oppervlakte die de kinderen tot hun beschikking hadden om samen te komen en te voetballen. Ali hield niet zo van voetbal, maar was met zijn grote broer meegegaan. Hij was misschien zes of zeven jaar oud geweest, hij kon al lezen en schrijven en hij was nog steeds kind aan huis bij het schrijn om te luisteren naar de oude sjeik en de gedichten die de Rosse voordroeg. Het was een dag in juni, en zijn vader had hem toegeschreeuwd dat hij van het dak moest komen om hem te helpen met het verslepen van de stenen die moesten dienen om de muur te repareren die door de sneeuw was ingestort. Hij was opgesprongen en had zich uit de voeten gemaakt, zijn broer achterna, die naar de speelplaats van de school ging om de punten bij te houden. Zo werd je een echte man, door de punten bij te houden, zo had zijn broer hem verteld. En hij was meegegaan, zonder dat het ook maar in zijn hoofd opkwam dat hij in elkaar geslagen zou worden door 'de aangeklede aap', die op en neer wipte en sprong en de jongens een pak rammel gaf terwijl hij uitschreeuwde dat de president dood was!

Hij zag de bal met de vreemde wit en zwarte vierkantjes voor zich, later zou hij te weten komen dat het volgens de geometrie waar zijn kleine broer zo goed in was, helemaal geen vierkantjes waren. En hij zou gefascineerd blijven door die bal waar hij zo van hield, want uiteindelijk is wat die doet ook vliegen. Hij vliegt van voet naar voet en geeft de grond en de lucht het nakijken. Misschien hield hij er net als Ali van om heen en weer te schommelen en met de wind te spelen. 'Shoot,' zei zijn broer en hij hield zijn hand hoog in de lucht. En Ali schoot en zijn hart maakte een sprong! Enkele momenten was het alsof hij in de lucht zweefde, terwijl hij toekeek hoe snel de bal ging die hij had weggetrapt. De bal schoot ervandoor en de jongens keken er verbijsterd naar. Hij vloog over de muur van de school en plofte ergens neer. De grote broer keek bewonderend naar Ali, en zijn borst zwol! De jongens maakten zich kwaad, de bal was immers verloren! Toen werd duidelijk dat het machtige schot van Ali terechtgekomen was op het hoofd van de winkeleigenaar die het huilend uitschreeuwde. Brullend en dubbelgevouwen om door het gat in de schoolmuur te komen kwam hij naar hen toe. 'Hondenjongen dat jullie zijn, zitten jullie te spelen terwijl onze president gestorven is, vort, naar huis! De president is dood, mensenlief... God lieve heer, dat jullie allemaal mogen sterven.' De kinderen kwamen met wijdopen monden dichterbij, zoiets hadden ze nooit eerder gezien, een man die huilt en springt, van verdriet zijn eigen gezicht afranselt zoals de vrouwen doen, terwijl ze het snot onophoudelijk zagen stromen. Ali kwam net als de anderen met open mond dichterbij en keek daarna naar de blauwe hemel, bestudeerde de handen van de winkeleigenaar, hoe hij ze smekend omhoog hief: 'Heer... alstublieft Heer, heb genade met ons Heer!' De kinderen keken elkaar angstig en verward aan! Ali zag in die hemel niets dat hem bang zou kunnen maken, maar het huilen van de jongens en de stem van de winkeleigenaar die hen en hun moeders vervloekte en klappen uitdeelde deden zijn hart samenknijpen. De klap die hij kreeg deed hem tegen de grond smakken en de opeenvolgende slagen die sommige andere kinderen kregen, maakten dat ze hun mond hielden, niet wetend wat ze moesten aanvangen toen de eigenaar van de winkel verder ging met zijn getier: 'Vooruit, naar huis, ik zweer het, dat jullie een leven lang mogen blèten! Straks krijgen we dankzij hem daar allemaal op ons dak!' Een van de jongens krijste dat hij hen met rust moest laten, en toen verscheen zijn grote schoondochter die aan haar haren trok en gilde dat ze moesten ophouden met spelen uit respect voor de overledene die, zo bleek, niet onsterfelijk was geweest. De kinderen troepten samen rondom de bal die tussen hun voeten neergesmeten was en waarop de eigenaar van de winkel gespuwd had, terwijl ieder van hen voelde aan de sporen die de klappen op hun gezicht hadden achtergelaten. Ze huilden, zo erg waren ze geschrokken. Maar Ali huilde niet. Hij stond op het punt om de winkeleigenaar aan te vliegen, maar de jongens hielden hem tegen en al rennend sprongen ze door de muur en lieten de gesloten school en haar binnenplein achter zich. Ze keken naar de nauwe straat en naar de eigenaar van de winkel die opnieuw begon te schreeuwen: 'Hop, naar huis… vort.' Ze keken naar de beeltenis die tegen de muur van de school en aan de muren van het huis van de winkeleigenaar ernaast hing, ze zagen ontelbaar veel beelden van de president en ze veronderstelden dat er iets gevaarlijks gebeurd was. Het kwam niet bij hen op dat die afbeeldingen daar al lang hingen, en niet alleen zijn beeltenissen, maar ook zijn standbeeld in de stad, ze kwamen hem overal tegen. Ze keken elkaar doodsbang aan en wisten dat ze als de vliegende bliksem naar huis moesten, want de man die ze sinds ze het levenslicht zagen hadden gekend en die overal aanwezig was, was dood. De man van op de foto's in hun schoolboeken, van op de schoolmuren, van op het televisiescherm en op de muren van de huizen, de man uit het bureau van de directeur en van aan de muren en het schoolbord in de klas, die man, was dood! De grote broer zei tegen Ali: 'Jeezes… dus de president gaat ook dood, ik zweer het u, ik dacht niet dat die ooit zou sterven… maar blijkbaar gaat ie dood zoals iedereen!' Ze vlogen over de paden van het dorp en iedereen schoot via een ander pad weg. Ali en zijn broer renden zo snel dat hun hielen hun achterwerk raakten en omdat hun huis in de verste uithoek van het dorp lag, moesten ze verder lopen dan de andere jongens. Ze zagen de ongewone beroering van de mensen, ze zagen vrouwen die uit de huizen kwamen en jammerden. Ali draaide zich om in de richting van het schrijn en zag de eik rustig op zijn plek staan. Hij aarzelde, overwoog om zijn broer achter te laten en het schrijn binnen te gaan om te zien wat de Rosse aan het doen was. Hij veronderstelde dat de aarde zou openscheuren om hen te verzwelgen, zoals de leraar op school almaar tegen hen zei. Hoe vaak had hij die zin wel niet gehoord: 'Ik hoop dat de aarde in tweeën splijt om jullie op te slokken, dat ik van jullie af ben.' Op dat moment begreep hij er niks van, maar de Rosse vertelde hem dat de aarde al vaker was opengescheurd om mensen op te slokken en dat boven onder was geworden hier, aan de vlaktes bij de zee, ja al vele, vele malen had alles op zijn kop gestaan en dat zoiets een aardbeving heette. En toen hij groter werd kwam hij erachter dat het de aarde was die op haar kop stond en niet zij. Hij begreep niet waarom de leraar bad dat de aarde zou opensplijten en hen zou opslokken, maar hij hoorde die zin terwijl hij met zijn broer naar huis liep, een oude vrouw nam hem in de mond: 'Was de aarde maar in twee gespleten om me op te slokken voor ik deze dag moest meemaken.' Ali beeldde zich in dat de aarde een grote pan was waar zij in zouden tuimelen en dat er dan een almachtige reus met de naam 'president' zou komen, die het deksel op de pot zou zetten en hen er levend in zou koken. Of wie weet was hij wel de reus die hen zou beschermen als de aarde zich in tweeën spleet en haar monsters hen opslokten! Dat zei hij in zichzelf terwijl hij rende, maar niet huilde. Zijn broer huilde terwijl hij de mensen zag rennen en snikken en hij greep Ali's hand en kneep erin, zei terwijl hij dichterbij kwam: 'Niet bang zijn,' terwijl zijn eigen tranen naar beneden rolden. Ali beet op zijn tanden en kauwde op zijn lip, de zweetdruppels gleden over zijn voorhoofd. Hij rende en rende, tot hij voelde hoe zijn katoenen vest klam werd. In die tijd kon hij goed fluiten en alleen zijn, dat kon hij het allerbest, alleen zijn. Iets wat de meeste mensen maar dom vinden, maar hij wist sinds de weinige jaren die hij in het leven had doorbracht, dat dat was wat hij wilde, alleen zijn met zijn boom, pronkend met zijn weidse wereld. De wereld die de anderen niet kennen. En op dat moment was hij niet in staat om zijn broer te volgen die in zijn hand kneep en hem achter zich aan sleurde. Hij had het gevoel dat hij niet goed kon ademen terwijl zijn broer bleef rennen en hij erachteraan moest of hij zou ervan langs krijgen met de stok van granaatappelhout, de dunne, lange stok van zijn vader die een suizend geluid maakt bij elke beweging. Zijn broer keek naar hem en schreeuwde: 'Haast je, stomme ezel.' Hier kreeg de grote broer in de gaten dat Ali de voetbal in zijn hand had, hij had hem niet achtergelaten en klemde hem met een haast magnetische kracht tegen zijn borst, op de plek van zijn hart. Zijn broer stopte gealarmeerd, gaf hem een stomp en Ali viel op de grond, maar huilde niet. Hij hield de bal stevig tussen zijn armen. Toen greep hij zijn hand en renden ze weer, hun hielen tegen hun achterste tot het leek alsof ze vlogen en toen ze thuis aankwamen, schoot Ali de houten trappen op naar het dak. Hij hoorde hun buurvrouw uit de verte roepen tegen zijn moeder: 'Kom naar buiten zuster, bij God, ons uur is gekomen!' Zijn moeder kwam huilend naar buiten, ging met haar kinderen haar huis binnen en sloot de deur. Ze vergaten Ali die op het dak de voetbal tegen zijn borst drukte. Hij zag de buren, veraf en dichtbij, zag hen stilletjes wegglippen en verdwijnen, hun ramen sluiten en hoorde gejammer en gegil. Hij streek met zijn vingers over de bal. Misschien zouden ze hem komen zoeken, de bal, maar hij was er gerust op dat de kinderen en hun families enkel aandacht hadden voor de dood van de president van wie ze dachten dat hij niet dood kon gaan. Intussen zat hij op het dak tegenover de berg aan de overkant te wachten, terwijl hij de huizen en het dal bestudeerde, te wachten tot de aarde zich in tweeën zou splijten en hen allemaal zou opslokken zoals de leraar op school gezegd had. Toen herinnerde hij zich dat de leraar ook nog iets anders gezegd had, dat hij hen zou afranselen tot de aarde zich in tweeën zou splijten en hen zou opslokken, maar dat had niets met de dood van de president te maken. En vandaag, dertien jaar later, herinnerde hij zich dat de aarde was gebleven zoals ze was, dat ze niet in tweeën gespleten was en hen niet verzwolgen had terwijl hij daar met zijn bal naar de zon en het bos aan de voet van de berg stond te kijken. Hij was opgestaan en naar de rand van het dak gegaan dat over de afgrond uitkeek. Hij legde de bal met zorg en precisie op de juiste plek en zette enkele stappen naar achter. Hij staarde naar de schaarse wolken aan de hemel en schopte de bal de lucht in. Hij zag hoe de bal hoog de lucht in suisde en vervolgens naar beneden stortte en in de vallei verdween. Hij draaide zich om en merkte de takken van de eik bij het schrijn op. Hij kon de mensen daar niet onderscheiden omdat de takken van de bomen hem het zicht benamen en omdat er zo veel afstand tussen lag dat je niet kon herkennen wie daar allemaal samenkwam. Hij kwam dichter bij de rand van het dak en spreidde zijn armen, zich de beweging van de bal voor de geest halend terwijl die in de vallei neerkwam. Bijna overwoog Ali achter hem aan te vliegen toen hij het geroep van zijn moeder hoorde die hem beval om met hen mee te gaan. Zijn broers en zussen stroomden het huis weer uit en renden in de richting van het schrijn. Hij ging rustig naar beneden en sloot zich bij hen aan, zonder er acht op te slaan dat hij blootsvoets was. Zijn plastic slippers was hij vergeten op het dak. Hij rende zonder te stoppen en bereikte de plek waar de mensen samenstroomden. De Rosse zag hij niet. Hij hoorde gehuil en gekerm terwijl hij tussen de mensenzee glipte. Hij zag angstige, onthutste gezichten. Hier en daar een gesprek dat door de lucht zweefde. De oude sjeik van het schrijn zei 'Eer God, mensen' terwijl de nieuwe sjeik wat jongeren om zich heen verzamelde en op fluistertoon met hen praatte. Het lukte hem om het schrijn binnen te komen en tussen de voeten door te sluipen. De Rosse zat in een hoek met enkele mannen en vrouwen om zich heen die wierook aanstaken en zachtjes mompelden. Daar zag hij het paneel waarop alle rechtschapen heiligen stonden afgebeeld met een foto van hun president ertussenin. Niemand wist wie die afbeelding daar gehangen had. Hij zag een vrouw met een foto van de president bij zich die over de grond rolde van het huilen. Hij zat ineengedoken tussen de benen van de Rosse die ontzet en amper bij bewustzijn gade sloeg wat er rondom haar gebeurde. Hij kwam dichter naar haar toe en keek in haar ogen. Daar zag hij een witte leegte, ze zag hem niet, maar nam hem zoals gewoonlijk in haar armen. Ze sprak geen woord, keek alleen maar smekend naar de buitenste groene cirkel diep in de koepel van het schrijn. De eigenaar van de winkel liep nog steeds te schreeuwen 'Wee ons… moge God al jullie vaders vervloeken… onze president is dood!' Zware dagen verstreken, gevuld met stilte en angst, maar Ali hoorde de jammerklachten niet meer. Hij was in zijn eigen wereld gevlucht en naar beneden gegaan in de vallei, met de voetbal in zijn gedachten. Overdag verdween hij en 's nachts sliep hij op het dak van het huis en het duurde niet lang voor het plezier weerkeerde in de ademhaling van de mensen, een maand misschien! Opnieuw weerklonk er geschreeuw over de paden van het dorp en datzelfde getier van de winkeleigenaar hield aan, maar deze keer was het geschreeuw van verrukking en vreugde. Na het verstrijken van die maand zag Ali diezelfde man met diezelfde clowneske bewegingen, springend en huppend, terwijl hij schreeuwde en gilde op de mensen en tussen de huizen wervelde om zijn schoondochters, zijn kleinkinderen en de mensen van het dorp wapperend met zijn hand aan te sporen om vreugdekreten te slaken: 'Leve de president… leve de president!' En toen Ali zich destijds afvroeg hoe de president nu kon sterven en daarna kon leven, dacht hij eventjes dat hij onsterfelijk was! Hij wist niet dat de ene president de zoon van de andere president was en dat de woorden die hij zo vreemd vond 'de president is dood, leve de president' niet zo vreemd waren als hij dacht, want de zoon van de president was de nieuwe president geworden en opperbevelhebber van de militaire troepen en secretaris-generaal van de partij die zijn vader hem had nagelaten.

Ali wist niets over al die dingen! Hij was in de war toen hij de eigenaar van de winkel met zijn vrolijke bewegingen bezig zag, hij herinnerde zich dat hij er toen mee had moeten lachen. Daarna vergat Ali hem, en hij vergat ook hoe hij na die dag in alle rust gelukkig leefde en herinnerde zich de eigenaar van de winkel pas weer tijdens de oorlog, toen hij hem zag lopen achter de begrafenisstoet van zijn kinderen. Een dorre boom, daar was hij op gaan lijken.

En nu, terwijl hij de bal voor zijn geestesoog zag draaien en verdwijnen, voelde Ali de diepe pijn in zijn hoofd opnieuw. De voetbal die in de vallei verdween, en die, in de lucht klimmend en verdwijnend, niet tegen de wolken op kon, zo bedacht hij zich terwijl hij de bal starend naar een voorbijdrijvende wolk krachtig de lucht in schoot. Hij werd keer op keer geteisterd door die val, waarin hij nu zwak en gewond naar beneden stortte. Hij was ervan overtuigd dat zijn leven, dat van vroeger en dat van nu, niet meer was dan een paar meters tussen de plek van de raketinslag en de stam van de boom. Een kort leven, voldaan en klaar om hier op te houden. En toen hij zich bedacht dat die overgebleven meters het volledige leven waren dat hem nog restte, vroeg hij zich af wat hij hier nog deed? Tegen wie vocht hij? En voor wie? Wie was hijzelf? Het was de eerste keer dat hij zich het hoofd brak over die vraag, wie is hij echt? En wie was hij? Waren die paar meters die hem scheidden van de boomstam de samenvatting van zijn leven? Was het een leven, dat wat hij geleefd had, of slechts het verstrijken van een vluchtig, gestolen moment? Zou hij een ster worden in de hemel? Hij riep het gezicht van zijn broer weer in zich op, dat vastberaden was om te strijden in de voorste rangen van het front om het vaderland te beschermen. Hij vond geen antwoord op zijn uitbarsting van vragen. Welk onbekend leven zag hij? Het leven van een ander schepsel, alsof hij een jongen van negentien jaar zag die werd weggeslingerd op de top van een berg, een jongen op wie een vliegtuig per vergissing een raket had afgevuurd. Het was alsof hij zelf probeerde te begrijpen wat die jongen daar deed in de enkele meters die hem nog restten om voor het leven te kiezen.

Hij bewoog zijn spieren, strekte zich uit en opende zijn ogen om te geloven dat hij in leven was, enkele meters die een leven heten. In zijn verbeelding zag hij die voetbal vliegen, hij slaakte een zucht en op dat moment, terwijl hij in de diepte van zijn vragen en beproevingen naar beneden tuimelde, op dat moment was hij van zichzelf onthecht. Hij brak zijn hoofd over die ander en hij wilde maar één ding weten en dat was of hij zijn hoofd nu kon omdraaien, voorbij de pijn in zijn hoofd die hem herinnerde aan de klap van die voetbal. Alleen maar te weten of die ander zijn hoofd zou opheffen en – want wat hem het ene moment bezighield zou het volgende weer in rook opgaan – of die ander misschien zijn ziel was die op hem wachtte?

5

Telkens wanneer zijn geest even helder werd, sloeg dat vreemde gewicht onder aan zijn hoofd hem weer murw. Hij dreef op een tapijt van bladeren, dat samen met hem in het gat terechtgekomen was en hoewel hij het gevoel had dat hij urenlang klam en verdoofd naar beneden suisde, duurde die val in werkelijkheid niet meer dan enkele seconden. Hij draaide zijn gezicht naar de boom, zag hem voor zich en keek toen naar de andere kant, te zwak om te bevatten wat er gebeurde en om zich ervan te vergewissen of hij werkelijk nog steeds in de wereld van de levenden verkeerde. Terwijl hij zich omdraaide zag hij bomen branden en hij was opnieuw opgelucht omdat de top van deze berg kaal was en de bomen niet dicht bij elkaar stonden. Hij zag het rode gloeien van de bomen die in de verte in lichterlaaie stonden.

Enkele klonters modder gleden in zijn ogen en hij zag hoe die klonters, die een voor een naar beneden kwamen, kleine, fijne bolletjes vormden. Hij had weer bewogen, en samen met hem bewogen het stof en de boom en de modder, maar waar kwam die modder vandaan? Hij schudde zijn hoofd om weer bij bewustzijn te komen en er begon iets te stromen in de holtes van zijn schedel. Hij voelde het trillen, toen dwaalde het geluid naar het onderste van zijn nek en een moment lang verbeeldde hij zich kijkend naar de boom hoe er een stam uit zijn rug groeide. Hij kon er zeker van zijn dat hij voor die eik zat en toch, ook al had hij zich daar keer op keer van vergewist, vrat de angst aan zijn hart en maakte dat hij niet geloofde wat hij zag. Een angst die hij herkende zodra hij Nahla's gezicht weer voor zich zag. Hij wist hoe de monsters groeien in de ogen van moeders die van hun kinderen beroofd zijn, hoe ze zich verschansen en hen op koude nachten verslinden.

De blaadjes regenden van de takken naar beneden. Hij wist hoe de takken van een eikenboom te werk gingen! Ze gooien hun blaadjes op de grond, maken zich er simpelweg vanaf. Bomen bezitten de kunst van zelfredzaamheid. Keer op keer zei de Rosse die ene zin, zo dat hij het hoorde en hem verplichtend om haar woorden te herhalen. Dan zei ze bijvoorbeeld: 'Ik ben een boom,' en dan zei hij haar na: 'Ik ben een boom.' Hij volgde haar van hier naar daar en liet haar lange gekleurde jurk geen moment los. En zij zei hem dat ze hem zou leren zwijgen als de bomen. Op een keer, hij was nog maar acht jaar, zei hij verbluft tegen haar, woedend omwille van haar uitspraak dat ze een boom was, die even regelmatig kwam als haar ademhaling: 'Maar jij praat de hele tijd.' Toen lachte ze en zei: 'Omdat ik geen boom ben... jij bent de boom.' Telkens wanneer Nahla zijn magere lijf kwam zalven met olie in het schrijn, hetgeen ze nauwgezet deed, veegde ze de Rosse de mantel uit omdat die zoiets tegen het kleintje zei, en dan schold de Rosse haar onverstaanbaar mompelend uit.

Door zijn hoofd speelde nu die zin, 'ik ben een boom' en in zijn neus de geur van toen zijn moeder haar ruwe vingers over zijn nek wreef. Mompelend hoorde hij haar God en de patroon van het schrijn smeken om haar zoon te genezen van zijn eeuwige dromerigheid. Hij herinnerde zich dat hij iedere keer getroffen werd door een vreemde jeuk aan zijn buik en de pijn van haar drukkende vingers, maar dat hij niet durfde morren. Dit is geen toeval, dacht hij en hij schuurde zijn rechterwang door het stof op de grond. De hoop bladeren viel van hem af terwijl hij zijn hoofd bewoog, hij voelde de modder. Hij groef met zijn hoofd, groef niet echt, maar dacht dat hij kon graven. Lang geleden had hij een schop om mee te graven, de houten steel en handvat hadden het vel van zijn handpalmen weggevreten. Hij had het gevoel dat zijn hoofd zoals een schop was, dat het rotsen in stukken kon breken, dat hij het in de grond kon rammen en alles om zich heen ermee kon wegschrapen, ermee kon kerven in dat beetje aarde. Deze bergen waren rotsachtig, net als de bergen van zijn dorp, ze waren er tenslotte een verlenging van, dat was hem eigenlijk nooit eerder te binnen geschoten. Hij zou de grond met zijn tanden uitdelven en uitspuwen, zou hem eten en weer uitspuwen. Gravend om zich heen zou hij een pad naar de boom effenen, zijn hoofd van links naar rechts bewegen om de wortels van de boom te voelen. Hij bleef zijn hoofd in de aarde heen en weer woelen en hoorde toen een geluid, het ruisen van een boom! Hij zou het niet echt een geruis noemen. Hij hief zijn hoofd op en zag het hoofd aan de andere kant, het verplaatste zich. En dus spande Ali zijn bovenlijf. Hij bewoog... hij bewoog! Met zijn elleboog als steunpunt kwam hij naar voren en liet zijn bovenlichaam daarna weer naar beneden vallen, zijn hoofd smakte tegen de aarde en hij wist dat hij dichter bij de boom was gekomen, hij was er nog niet, maar hij was dichterbij, dat was voldoende! Hij kende deze boom vanbinnen en vanbuiten. Hij was niet zoals de andere bomen die hij in zijn leven gekend had, de boom van thuis en de boom aan het schrijn. Sinds een maand had hij deze derde boom in zijn leven. Was het niet vreemd dat het ook een eik was? Drie eikenbomen! Eventjes, terwijl hij opnieuw op zijn elleboog steunde om nog een stukje vooruit te komen nadat hij eerst een hap grond nam en die weer uitspuwde, eventjes, terwijl hij probeerde om zijn elleboog opnieuw te veranderen in een stevige steunpilaar om zijn kapotte lijf vooruit te krijgen, voelde hij een zekere kalmte. Een vluchtig moment van kalmte, onvoorstelbaar voor een jongen die nog geen twintig was en niet wist of hij nog leefde of op weg was naar de volgende wereld. Wat hij voelde was overdreven, niet wat je zou verwachten. En misschien was het op het eerste zicht verwonderlijk dat hij zich zelfs maar een moment gerustgesteld voelde, maar de eik was voor Ali een teken. Die zou over hem waken. Een geluk dat hij zich in de bergen van Latakia bevond en niet, zoals zijn broer, opgeslokt werd door de woestijn op het platteland ten oosten van Homs.

Bomen zijn eenvoudig, niet zoals mensen, dat is iets wat hij begreep. Ze leken op hem en hij geloofde wat de Rosse hem zei, dat hij een boom was. Hij sliep staand en kon de bomen verstaan hoewel niemand de melodie van zijn gefluit ooit begrepen had. Hij geloofde dat het goddelijke voorzienigheid was die maakte dat hij dichter bij de boom kwam. De boom die hem zou beschermen tegen de hyena's… hij bloedde, hij wist dat hij bloedde, maar hij was er niet zeker van waar zijn wond zich bevond! Zijn lichaam was volledig verdoofd en er was een punt van diepe pijn dat hij niet scherp gesteld kreeg.

Die boom daar voor hem kon geen toeval zijn!

Hij woelde met zijn gezicht in de aarde om de wortels te voelen. Wie weet vertelden die hem wat hij wilde. In stilte zei hij tegen de boom dat hij bij hem moest komen, maar hij hoorde geen antwoord. Stukje bij beetje werd het verschil tussen de drie bomen duidelijk in zijn hoofd. Hij veronderstelde dat hij aan het ijlen was tussen het ene moment van bewusteloosheid en het volgende, maar de bomen draaiden om hem heen. De eik die achter hun huis stond, was de kleinste. Het was een jonge boom, een kind nog, zei de Rosse, hij was immers nog geen zestig. Bomen groeien traag en daarom leven ze lang. En omdat ze lang leven worden ze wijs, ze hebben tijd genoeg om het leven te leren kennen, ze zijn niet zoals mensen, die het leven, zodra ze het een beetje door hebben, alweer achter zich laten. Ze vertelde hem ontelbaar veel verhalen, ze praatte fluisterend en sloot haar verhaal af met die zin over de vergankelijkheid van de mens. Hij verbaasde zich er altijd over dat iemand als zij met zulke woorden op de proppen kwam. 'Ach de vergankelijkheid der mens.' Ze zei het heel plechtig en voegde er daarna aan toe: 'Ziet die tak daar, jongens toch… ziet dat eens af, onderweg naar de hemel, ver van ons, vergankelijke mensen.' Dan stond ze met gesloten ogen even te staren, op haar voorhoofd viel blinkend een schuine streep licht, die doorbrak vanachter de kleine zijtak die zich eenzaam uit de compositie van takken strekte, als een handje uit de hals van een baarmoeder. En terwijl het licht op de rimpels in haar voorhoofd glansde, staarde Ali naar die vreemde zwevende deeltjes die fonkelden als gouden stofjes tussen de bladeren van de eenzame tak en het blauw van de hemel. Dan keek hij opnieuw naar de boom, hoe die de tak zomaar had laten afsplitsen van zijn symmetrische ronding en lengte en dan fluisterde de Rosse: 'Die daar lijkt op jou Ali.'

Ali's plekje zat in zijn geheugen gegrift, hij wist nog waar hij zat achter het huis van de Rosse dat ze gefabriceerd had tussen de takken van de kleinste boom, op tien meter afstand van het schrijn en de boom daar. De kleine boom stond Ali niet aan, hij vond dat de takken te veel licht doorlieten en hield er niet van dat de zon de boom onder de voet kon krijgen en tussen zijn takken kon vertoeven. Of misschien was het wel omwille van een eenvoudigere reden, namelijk dat hij er nooit in slaagde om een dutje te doen tussen de takken. De Rosse beweerde dat het was omdat hij een stomkop was! De kleine boom was immers zo oud als zijn vader, helemaal niet zo klein als hij dacht dus en zijn vader was nog stommer dan hij! Die begreep niet wat deze bomen op zo'n heilige plaats betekenden. Maar het was hij, Ali, die de goedkeuring van de bomen wegdroeg en niet zijn idiote vader, zoals de Rosse steeds zei, want hij had de belangrijkste kennis die een mens maar kan bezitten gevat met zijn kracht om te praten met de wind en de aarde en de bomen. Maar het water, dat was voor haar een andere zaak, daar wilde ze niet in. Keer op keer sprak ze tegen hem over het water en vertelde hem een verhaal uit langvervlogen dagen toen de Turken over de bergen en de kust heersten en ze in de stad verbleef om erachter te komen wat water was. Dat ze de weidse zee gezien had en hoe ze gevlucht was toen enkele mannen water van vuur over de gezichten van vrouwen hadden gespat, hoe hun mannen erop los sloegen. Sinds die dag hield ze niet meer van die plek, maar waarom dat allemaal gebeurd was? Dat had ze niet uitgelegd. Hij luisterde nieuwsgierig en vroeg zich af hoe er iets kon bestaan dat water van vuur heette, terwijl water en vuur voor zover hij wist niet verenigbaar waren? Ze eindigde haar relaas gewoonlijk met de zin: 'Tja Ali, mijn hartenboompje... dat je nooit mag branden in Gods vuur.' Nu herinnerde hij zich die zin van haar en het verhaal over het water van vuur, terwijl hij toekeek hoe het vuur de bomen achter hem verteerde. Een ding wist hij zeker en dat was dat de bast van een eik het vuur kan doorstaan. En hij geloofde dat de verzoeken van de oude vrouw aan God geen willekeurige smeekbedes waren geweest. Waren de andere soldaten verbrand?

Ze sprak aan een stuk door tegen hem terwijl haar vingers met de kralen van het blauwe gebedssnoer speelden dat ze om haar nek droeg. Dan ontvluchtte hij haar woorden en zijn angst voor het vuur en klom langs de stam van de eik omhoog, zijn spieren omklemden de takken, hij verstrengelde zich ermee, sloot zijn ogen en wiegde heen en weer. Zij schreeuwde dat hij naar beneden moest komen omdat de boom van het schrijn niet zoals de andere was, deze boom was er om je rustig af te zonderen, eronder, niet erbovenop. De tijd van in de bomen zitten was voorbij, dat was een vervlogen tijd: 'Kom naar beneden... naar beneden zeg ik u, je moet niet tegen de wetten van de natuur ingaan. De bomen boven, wij mensen beneden,' riep ze, maar hij besteedde geen aandacht aan haar. Ze bleef maar tieren terwijl ze hem vroeg om respect te tonen voor de overblijfselen van de heiligen die zich via de takken van de bomen aan de aarde hadden onttrokken op hun reis naar het licht. En hij negeerde haar en sufte wat, luisterend naar haar gemurmel en wachtend op een voorbijganger die haar eten zou geven dat hij met haar zou delen.

Wanneer was Ali opgehouden haar te kwellen door in de boom van het schrijn te klimmen? Hij herinnerde zich niet waar de grens tussen zijn kindertijd en zijn adolescentie lag. Als men hem op dit moment zou vragen wat hij zich herinnerde, dan zou hij zeggen: de eik bij het schrijn, de eik aan het huis, en deze boom waar hij naartoe kroop. Er waren ontelbare verschillen tussen al die bomen, zoals de flinters licht die in verschillende maten afschilferden van onder de zonnestralen, daar zat een piepklein verschil op. Regen noch zon kon door de takken van de boom bij het schrijn dringen. Het ruisen van zijn bladeren leek op een huivering, maar de bladeren van de boom bij hem thuis huiverden meer op de toon van een gesmoord huilen dat luider of zachter werd afhankelijk van hoe de wind bewoog en tussen de takken van de boom speelde. De takken van de boom bij het schrijn waren steviger en maakten niet dat akelige knarsende geluid 's nachts. Hij had nooit geprobeerd om 's nachts tussen de takken van die boom te slapen. Hij had er wel aan gedacht, maar hij wachtte het juiste moment af om ongezien weg te glippen, want diep vanbinnen wist hij dat zoiets hem in de ogen van de mensen uit het dorp in een gek zou veranderen en ze beschreven hem dan wel als die rare, maar gek durfde niemand hem te noemen. De boom hier was anders dan de boom bij het schrijn of die bij hem thuis. Het geluid van het ruisen van de bladeren was anders, had geen vast ritme, of misschien had hij het geluid dat deze boom eigen maakte nog niet ontdekt. Op sommige momenten gilde de boom en op andere rilde hij, of wiegden zijn onderste takken heen en weer en veroorzaakten trillingen die nog het meest leken op een verstikt gefluister. Die kleine takjes onder aan de stam waren aan het groeien en hij wist uit ervaring dat dat het begin van het einde was. Deze boom zou sterven, misschien had hij er vijftig jaar voor nodig, maar hij zou sterven. Hij had de geur van de boom opgesnoven toen hij en de soldaten op hun locatie aankwamen, was eromheen blijven draaien als een hond terwijl de andere soldaten om hem lachten, en hij had geweten dat deze boom niet die geur had, of het hem zo vertrouwde geluid. Die takjes leefden in de schaduw onderaan, konden niet met licht spelen. Hij bestudeerde het licht en hij wist wat de spelletjes van de bladeren en de takken met het licht betekenden, of toch, in zijn hut observeerde hij, uren aan een stuk, een geheime wereld van spelende kleuren. Zonnetjes, klein, groot en middelmatig, deinden heen en weer. Verschenen en verdwenen, sprongen omhoog en omlaag, veranderden met ieder uur waarin het licht zich voortbewoog. De zon en de maan wisselden van wacht daarboven, licht en donker werden in zijn ogen als een appel geschild tussen de takken van de bomen. Hij strekte zijn hand uit om de stroom van zachte, fijne draden van oranje en roos te onderscheppen en ze nemen hem mee als een vliegende parasol, waaierden daar in vurige cirkels omheen. Overdag leken die cirkels goud en 's nachts werden ze zilver, en daartussenin zat een explosie van bewegende kleuren, tot hij het gevoel had dat zijn vel samen met die kleuren verkleurde, rood, geel, en groen en al hun oneindige schakeringen. Een groen dat met de meest subtiele beetjes in prachtige verschillen uiteenliep tot het tientallen tinten donkergroen creëerde die soms in zwart eindigden en dan weer een blauw werden dat zich als een cirkel om hem heen wond. En dat draaiende licht veranderde dan plotsklaps in lichtblauw en werd daarna weer groen. 's Avonds kreeg het een diepblauwe kleur die uiteindelijk helder paars werd terwijl hij met zijn vingers spelend door de trillende blaadjes woelde. In de winter wanneer de sneeuw de bergen bedekte en samen met de bergen de lach van de boeren en hun droge vel, geloofde hij zijn oren niet toen hij hoorde over de witte kleur van sneeuw. Want de bladeren, die dikke vlokken sneeuw van zich afschudden, maakten dat hij de wereld doorschijnend zag en de kleuren allemaal verdwenen. Hij had beslist dat sneeuw geen kleur had en dat je over sommige dingen kon zeggen dat ze geen kleur hadden, net als de ogen van de Rosse wanneer ze naar de hemel staarde. Hij noemde de sneeuw blind en hij hield niet van de gewoonte van de mensen om water te beschrijven als kleurloos. Water had immers talloze, veranderlijke kleuren en hij beschreef water als een bord vol kleuren dat veranderde afhankelijk van wat erin zat!

Hij vond het plezierig om te luisteren naar de geluiden van de bladeren en er namen voor te verzinnen, had er plezier in om de geur van wilde planten op te snuiven en door de bossen te rennen, om te spelen met het licht en haar schakeringen en te springen tussen de rotsen! Of 's morgens vroeg wakker te worden op ijskoude dagen om te kijken naar de bevroren dauwkringen die zich om de vruchten heen wonden als een balvormig kristallen jasje. Hij was gefascineerd door de magie van die cirkels en de schitteringen van het licht wanneer de zon opkwam en de bevroren vruchten verlichtte, de transparante kleur van het water er schitterend omheen. In die schittering zag hij toen alle mogelijke kleuren!

Een half decennium geleden waren die bergen een groen paradijs, of misschien langer geleden, hij herinnerde ze zich niet voor die tijd. Hij zag wat hij voor zich zag en sloeg er geen acht op wanneer hij hoorde dat de bergen rotsig werden. Want wat zijn ogen zagen zei hem iets anders, en dat was voor hem voldoende. De Rosse zei dat dat logisch was omdat hij het paradijs van de bergen en hun pracht niet gekend had, dat wat hij nu zag het weinige was dat nog overbleef, hij had dat verloren paradijs een eeuw of wat geleden eens moeten zien. Soms geloofde hij haar niet, hij keek naar haar en haar smalle lijf terwijl ze haar vingers – droge takken waren het geworden – over de stam van de boom bij het schrijn liet gaan, daar waar ze hem gezegd had dat ze huilen had afgezworen omdat ze bang was voor het geheugen van de bomen en waar ze hem een keer een standje gegeven had toen hij, gevallen van een van de hoogste takken op het punt stond om te gaan huilen door de pijn aan zijn been. Streng had ze hem de les gelezen: 'Je gaat toch niet huilen bij een boom, zie je hoe zijn bladeren trillen? Je mag niet huilen bij een boom... luister naar dat geluid, dat zijn de bladeren van de boom niet, dat is het geluid van pijn.'

Hij was er nu, met haar woorden weer in gedachten, zeker van dat hij niet zou gaan huilen. Hij was vastbesloten om, als hij de boom bereikte, hem te vertellen wat er met hem gebeurde. De Rosse zei altijd dat bomen, wanneer ze hun metgezellen beschermen, zich niet bewust zijn van wat ze doen, ze handelen volgens hun natuurlijk instinct, zonder dat ze er zelf de hand in hebben, ze zijn zoals mensen die elkaar doden omdat het in hun natuur zit. Ze vond het niet vreemd dat een boom zichzelf doodt wanneer hij alleen is, dat de kleine takjes die onderaan groeien hem doodden. Maar hij herinnerde zich ook dat die bomen massieve, robuuste stammen hebben, sterker nog dan rotsen! Urenlang had hij doorgebracht met zijn vingers tegen hun bast en toen hij naar het front kwam en deze boom ontdekte, wikkelde hij zijn lichaam 's avonds om de stam, ondanks de zandbarricades die hem de weg versperden. Hij sloeg de instructies in de wind en liet de barricades achter zich, wond zich om de boomstam heen en als het schieten vanaf de overkant erger werd, dook diep weg achter de stam. De soldaten dreven de spot met hem, grapten dat de borst van zijn boomliefje verbrijzeld was door kogels, maar hij schonk er geen aandacht aan. Hij wist diep vanbinnen dat de boom niet zou sterven, en dat hij hem beschermde. Daar was hij zeker van, tenminste, voordat de raket verkeerd insloeg. Nu was hij ongerust, want de bomen die hun metgezellen waarschuwen wanneer er gevaar dreigt, waren in vlammen opgegaan en de eik was alleen overgebleven en zou het gevaar niet voelen aankomen. Misschien voelde hij daarom niet dat Ali er was. Hij keek naar de andere kant van het bos, de berg brandde in een eindeloze zee van as. En hij wist dat het vreemde geluid dat hij gehoord had toen hij terug bij bewustzijn kwam, de pijn van het bos was, niet het schudden of het ruisen van de bladeren… hij kende de pijn van bomen, had die gezien in de kou en in de hitte. Plots rook hij iets. Vastberaden verzamelde hij zijn krachten om zijn bovenlijf enkele centimeters van de grond te heffen. En daar zag hij dat wezen, de ander, dat hoofd en die romp deden precies hetzelfde. Hij liet zijn romp weer op de grond vallen!

De zon brandde, versluierde met haar hitte allerlei details. Ze stond nog halverwege de hemel, maar toch kon hij de vorm van het wezen dat aan de overkant bewoog niet onderscheiden. Eigenlijk was dat overdreven, want het wezen was niet aan de overkant, ook al bewoog het op exact dezelfde manier. Het bevond zich op dezelfde afstand van de boomstam aan de andere kant, niet ver van de afgrond, leek het. Ali schudde met gesloten ogen met zijn haar en toen, toen hij zijn ogen opende, gebeurde het. Hij zag dat gezicht voor hem zweven, over de boom heen schuiven. Een gezicht als een wolk, zoals de wolken die hem 's morgens gezelschap hielden. Hij was het, hij zag zichzelf als in een spiegel vlakbij, hij was het zelf! Hij zag geen zon die zijn wangen verbrandde, hij zag zijn eigen gezicht! Hij wist weer dat dat zijn gezicht was, hetzelfde gezicht dat hij in de oude waterput bij het schrijn had gezien en in de kleine spiegel die thuis omhooggericht hing en die de zon als zilveren cirkels op de muren weerkaatste, de spiegel die hem de kleur van zijn ogen toonde, het was zijn eigen gezicht, dat voor hem opdoemde. Toen zag hij zijn hele lichaam, het rees boven hem uit en hij herkende zichzelf met zijn blauwgroenige ogen en zijn dunne ribben die op droge takken leken, hij was het echt, met zijn honingkleurig golvende haar, hij zag zijn haar nu glimmen onder de zon zoals de kamillethee die zijn moeder gebruikte om hun buiken te kalmeren wanneer die 's winters rommelden door buikkramp. Hij keek ernaar en herinnerde zich dat hij nu een geschoren hoofd had. Hij keek, Ali met het geschoren hoofd, keek naar Ali met het dik golvende honingkleurige haar! Hij zei niets, staarde in zijn ogen, en kon daar niets in vinden behalve een blauwgroenige glinstering, als glassplinters. Hij keek naar zichzelf en hoopte dat hij niet naar de hemel ging, want hij stond op het punt om te geloven dat wat hij zag zijn ziel was die opsteeg! Maar zelfs al zijn verbeeldingskracht, bedacht hij, stond hem niet toe om te bewegen, zozeer dat hij met zijn wimpers fladderde als vliegende vleugels. Eventjes had hij het gevoel dat er niets was om bang voor te zijn! Hij voelde namelijk niets, hij was helemaal leeg, alsof hij pas geboren was! En hij wist zelf dat hij nooit gedacht had dat hij zich door eender wat zou laten meeslepen, hij had er geen behoefte aan om de essentie van de dingen rondom hem te achterhalen. Hij had het soort relatie met zijn eigen zijn dat mensen een dierlijk instinct noemen en hijzelf had er geen behoefte aan om alles om hem heen van commentaar te voorzien. Hij kon de vogels bekijken die boven op het topje van een tak zaten te wiebelen en daarna hoog de lucht in vlogen om vervolgens weer op zijn handpalm te landen. Dat was voor hem, met de zon in zijn ogen en tussen de wolkenstaarten die langs zijn wangen voorbijtrokken alsof er niets aan de hand was, die wereld was voor hem brozer dan een ajuinschil en sterker dan de stam van de eik bij het schrijn. De essentie van het leven, hij wist niet op wat je die woorden zou kunnen plakken, hij wist enkel hoe hij naar alles om zich heen keek, zo intens kwetsbaar en enorm volhardend. Hij sloot zijn ogen dus niet, hij wilde de dood zien. Hij zag zijn ribben die boven zijn borst uitstaken, hij was graatmager geworden de afgelopen maanden. Hij en zijn medesoldaten aten niet goed en dat was logisch, zoals de leidinggevende officier hun had verteld, want ze ontvingen niet voldoende hoeveelheden voedsel. Hij was van mening dat hij geluk had omdat hij alles met zijn eigen ogen zou zien, zo zat het dus! Zo was de dood, niet slecht in feite, hij had het zich anders voorgesteld. Toen verdampte het gezicht voor zijn ogen en zag hij de zon duidelijk. Hij voelde een scherpe hoofdpijn en realiseerde zich niet dat hij zich, terwijl hij zijn arm omhooghief en zijn ogen met zijn hand beschermde om het licht van de hete zon te verduisteren, een moment lang ontspannen voelde omdat hij besefte dat hij zijn rechterhand makkelijk kon bewegen. Hij bewoog zijn vingers, bracht ze tot vlak bij zijn pupillen en sperde ze open. Een zacht licht spoelde over hem heen en hij zag de toppen van zijn vingers, ze waren nog heel! Ze bloedden, maar ze waren heel! Hij haalde diep adem en draaide zijn gezicht naar de boom toe. Hij legde zijn vingers op zijn wang en voelde een dikke laag bloed waaraan hij zijn vingers brandde. Een gigantische hoeveelheid bloed die de zon in vuur en vlam had gezet en de koelte van zijn vingers tegen zijn wang, die koelte vond hij verkwikkend. Toen pas merkte hij de brandende pijn op waarmee de stroom bloed uit zijn rechteroor gepaard ging. De koelte van zijn vingers doofde dat vage branden uit, dat vage branden dat uit een diepe, heel diepe plek ergens onder aan zijn nek omhoogkwam.

6

Hij bracht zijn vingers omhoog en kromde ze. Klemde een handvol aarde vast en zette zijn bovenlichaam schrap. Het daagde hem dat het wezen zich ook bewoog en hij draaide zijn gezicht, maar er was geen spoor van hem te bekennen. Hij bracht zijn hoofd omhoog, zag hem nergens. Hij probeerde zich de gezichten van zijn medesoldaten weer voor de geest te halen. Kon het een van hen zijn, niet tot spreken of praten in staat? Hij richtte zijn hoofd opnieuw op, maar zag het wezen nog steeds niet. Hij liet de moed zakken, het was dus niet zijn schaduw? Die ander droeg vast en zeker legerkledij net als hij, waarom was hij ervan overtuigd dat hij een militair uniform droeg? Hij begon opnieuw te twijfelen of hij misschien zichzelf zag. Hij veronderstelde dat de zon hem verhinderde om goed te zien, maar misschien was het de zon zelf die hem dat wezen voorspiegelde dat op hem af kwam? Het zou hem ongetwijfeld vermoorden!

Hij haalde moeizaam adem en enkele druppels heet zweet gleden over zijn voorhoofd. Hij voelde ze in zijn oren glijden. Iets vloeibaars begon te sidderen binnen in zijn hoofd en om hem heen ontstonden kleuren, net plastic zakjes die hem verstikken, alleen stikte hij niet. Hij hapte naar adem en hijgde! Hij wilde terug naar zijn hut. Dat was het enige wat hij wilde, maar wat hij moest doen was rechterop zien te komen en een helder zicht krijgen, want de zon gunde hem geen duidelijk zicht. Ging hij maar onder! Maar als hij onderging, zou hij pas echt in een benarde situatie zitten. Iemand zou hem komen redden, ze zouden hem niet in zijn eentje onder de blote hemel van de bergen achterlaten om verslonden te worden door de hyena's! De beesten uit het bos zouden de geur van zijn bloed ruiken en hem opvreten, levend of dood. Hij kende die hyena's wel! Hij had ze gezien, wist hoe hun ogen er 's nachts uitzagen, hij had ze kadavers zien vreten! Kadavers van dieren, niet van mensen, maar dat kon altijd nog komen! Bovendien dreven er zwarte vogels aan de horizon. Waren het roofvogels? Hij kon ze niet duidelijk zien. Dat betekende dat hij tussen de lijken lag, maar hij wist niet waar de lichamen van zijn makkers heen waren gevlogen bij de explosie. Hij moest rechtop zien te komen. Hij moest vooruit komen, de bladeren onder zich omwoelen en handen en tanden gebruiken om alles rond zich uit de weg te ruimen.

Hij richtte zijn hoofd op, hapte naar adem en hees zijn romp overeind. Voor het eerst zag hij zijn lichaam in zijn geheel, de ene helft bedolven onder aarde en bladeren, de andere helft duidelijk afgetekend en intact, of dat dacht hij toch. Er waren geen wonden in zijn borst. Zou hij dan toch niet sterven? Hij was getroffen op een plek die hij niet kon identificeren, aan zijn oor en onder aan zijn been misschien, maar zeker was hij daar niet van. De pijn was onscherp, hoe kon pijn onscherp zijn? Hij besefte niet dat zijn hele lichaam verdoofd was door de pijn. Hij rook de geur van zijn bloed, hetgeen betekende dat hij heel hevig bloedde. Zijn lichaam zou hem teleurstellen, hij was uitgemergeld en zwak, at niet, ook niet wanneer zijn maag knaagde van de honger. Hij had niet fatsoenlijk gegeten sinds hij op de top van deze berg was aangekomen, maar hij mopperde niet zoals zijn medesoldaten deden. Hij kon toch niet eten, al werd zijn maag door honger geteisterd. Die pijn in zijn maag was hem vertrouwd, die was begonnen op de dag waarop hij een kalf met een half hoofd had zien rondrennen. Een brandend schuren in zijn maag dat leek op de pijn die hij nu voelde. Elke pijnlijke plek in zijn lichaam leerde hem iets over zichzelf en hij bedacht zich dat de gelijke tred waarmee hij zijn pijn en zijn herinneringen leerde kennen een manier was om traag te sterven.

Ja, hij had een kalf zien rennen met een half hoofd!

De mannen van het dorp en de sjeiks waren samengekomen om het kalf te slachten dat Abu Al-Zayn aan God gewijd had toen de oorlog begonnen was. Ze wisten diep vanbinnen dat die man niet deugde en zeiden dat herhaaldelijk onder elkaar, maar sinds het begin van de oorlog waren ze bang geworden en vergeetachtig, en hadden ze zich om hem heen geschaard. Ze waren met weinigen, de meesten van hen waren arm en het kerkhof had zijn muil nog niet opengesperd om de lichamen van hun zonen op te slokken. Hij zei hun dat hij het offer zou brengen ten behoeve van de zielen van hun kinderen. Ze wisten dat zijn kinderen en kleinkinderen het land hadden verlaten en dat hem niemand restte behalve Al-Zayn en dus deden ze er zonder er iets tegen in te brengen het zwijgen toe.

Waar Ali zich het hoofd over brak was dit: had de hand van de sjeik zijn doel gemist? Waarom hadden ze de touwen niet stevig aangetrokken toen ze het vastbonden? En waar had het stervende kalf die kracht vandaan gehaald? Vragen die hem uit zijn slaap hielden en gevangenen van zijn geest bleven. Hij zag hoe ze verzen uit de Koran prevelden over het mes. Hij had toestemming gekregen om bij hen te blijven, hij was een man nu! De vrouwen werd zoals gewoonlijk de toegang ontzegd. Zij brachten achter het schrijn alles in gereedheid voor het koken. Altijd zag hij de vrouwen achteraan, zowel in de dood als in het leven, en hij stond er niet bij stil waarom dat zo was. Hij dacht dat het een deel van het leven was, een rolverdeling die even natuurlijk was als de opeenvolging van de zon en de maan. Hij stond tussen de mannen en probeerde dichter bij de oude sjeik van het dorp te komen terwijl die het kalf slachtte, observeerde nauwgezet elk detail van wat de sjeik deed. Het blikkeren van het mes, de ogen van het dier, zijn hals, de vingers van de sjeik en daarna het bloed en dat plotse klieven van het mes. Het kalf trilde tussen de handen van de sjeik, de koorden om zijn poten en zijn hoeven gleden weg en cirkelend om zijn eigen as schopte hij de mannen. Ali deinsde achteruit en zag hoe het hoofd van het kalf aan een lap vel hing. Een eenvoudige snee in zijn hals was voldoende geweest om zijn bloed te doen vloeien en hem rustig te laten sterven. Was het dan niet de schuld van het mes? Was het te scherp geslepen? Ali zou niet vergeten hoe het kalf op hem afgestormd was en plots boven op hem viel, hoe de warmte van zijn bloed en zijn hete lichaam hem verschroeiden.

Ali herinnerde zich zijn dromen over een kalf zonder hoofd, dat over de wolken wandelde en naar hem riep. Hij herinnerde zich een gewicht, het verstikte hem haast, het kalf had zijn laatste adem uitgeblazen boven op Ali's borst. Hij zag zijn bengelende hoofd en rook de geur van het bloed op de kleren die hij 's avonds verbrandde en in de kloof gooide. Ze hadden een grote zwarte ketel klaargemaakt, voldoende om een heel aantal families van voedsel te voorzien. Hij rook de geur van bulgur en vlees! Hij rook de geur van het brandhout en herinnerde zich de vingers van de sjeik terwijl die de namen van de arme families noteerde onder wie de porties zouden worden verdeeld. Dat was nog voor de begrafenis van zijn broer. Ja! Hij herinnerde zich die luisterrijke woorden van Al-Zayn, die hun verkondigde dat ze vochten tegen de vijanden en verraders van het vaderland. Hij herinnerde zich, terwijl hij nu met zijn vingers op zijn buik drukte, dingen die gejaagd voorbijdreven. Hij herinnerde zich de angst van de families rond hem en de hemel die zich om zijn borst sloot terwijl hij luisterde naar het nieuws over een complot dat bedisseld was door mensen die de aarde, de lucht en de zee met hen deelden en over wie men zei dat het vijanden waren. Hij begreep het op dat moment niet, waarom waren ze zo bang?! En toen hij enkele jongens uit het dorp vroeg waarom ze zo verschrikkelijk bang waren noemden ze hem een imbeciel. Die angst maakte dat ze zonder ophouden offerdieren slachtten, en aan een stuk door zegeningen afriepen over God en de president en hun zonen die het vaderland beschermden. En hij stond erbij en keek ernaar alsof hij een planeet zag die uit de lucht was komen vallen. Hij was er niet zo aan toe als nu, tenminste, hij herinnerde zich de pijn in zijn maag die sinds dat voorval begonnen was. De sjeik was op de grond gevallen, met het mes dat niet genadig genoeg geweest was in zijn hand. Daarna hadden voltallige families zich verzameld om hun deel van het vlees mee te nemen. Ze waren er niet allemaal en Ali herinnerde zich dat een aantal mannen het dorp had verlaten omdat ze, zoals Al-Zayn zei, verraders waren en omdat ze de president haatten en wie de president haat, haat het vaderland. Ze waren weggejaagd en verdwenen naar verre landen of, zoals over anderen gezegd werd, in de gevangenissen. Maar dat was allemaal niet zo belangrijk want de mensen uit het dorp wisten dat het om niet meer dan drie families ging. Twee mensen uit die families hadden hun leven in de gevangenissen gesleten, de eerste in de tijd van de overleden vaderpresident en de tweede zat er nog steeds, in de gevangenissen van zijn zoon die voor eeuwig wilde leven. Men begon rond te bazuinen dat die families zich hadden aangesloten bij de verraders die hen wilden doden en daarom was het maar beter ook dat ze verdwenen waren, ook al was een van hen de leerkracht van alle jongens en meisjes van het dorp en was zijn zoon de dorpsdokter. Trouw aan het vaderland is belangrijker dan eender welke academische onderscheiding, belangrijker zelfs dan hun kinderen die een voor een zouden sterven. Het was een vreemde tijd, eerst sloeg de dood zijn kamp op in hun huizen en later zou de tijd volgen waarin ze ophielden met zeggen: we sterven voor de president en voor het vaderland. Ze hadden hun land en hun zonen en het leven verloren en wie overbleef bezat niet eens meer voldoende voor zijn brood.

Daar had hij de eerste schreeuw gehoord. De schreeuw van een vrouw, gevolgd door het eerste graf van de oorlog die in zijn hoofd woedde en als een verroeste sleutel rondjes bleef draaien. Een schreeuw zo scherp als een mes. En iedereen wist dat de eerste martelaar hun dorp was binnengetreden.

Hij herinnerde zich het steken van zijn maag, die nu ook stak, hoewel hij geen half onthoofd kalf voor zich zag rondrennen en het gejammer van die vrouw niet hoorde. In plaats daarvan rook hij opnieuw de geur van verbrand vlees. Hij rechtte zijn romp en hief zijn hoofd. Ook de ander hief zijn hoofd op. Ali zette zijn tanden in zijn mouw en scheurde die stuk, maar hij slaagde er niet in zich van zijn kleren te ontdoen. Hij hoorde het knarsen van zijn tanden en toen stoof er een briesje op en daar was het geluid van het ruisen van de boom weer! Die was dichtbij, maar het was niet die boom waarvan hij het ruisen hoorde. Misschien waren het de bladeren van het bos beneden in de kloof, maar die waren te veraf om te denken dat hij ze hoorde. Hij zag de bladeren van diezelfde eik met hun kartelige randen om zich heen dansen. Hij genoot van hun wervelingen. Hij wist dat het een illusie was en dat hij alleen maar dacht dat ze echt waren, maar ze verlichtten de hitte van de zon een beetje. En omdat ze dat deden dacht hij dat wat er met hem gebeurde echt was, dat hij erin geslaagd was om vooruit te komen en dat de boom hem daarvoor had beloond met die lichte schaduw van dansende eikenblaadjes rond zijn hoofd.

Kon de boom nu maar naar hem toe wandelen, maar bomen

zijn onverzettelijk en het zijn de mensen die moeten wandelen om bij hen te raken. En hij kon niet wandelen. Niemand zou nog aan hem denken na dit moment. Er zou geen hulp komen. Toen herinnerde hij zich de medesoldaat die naast hem had gestaan op het moment van de ontploffing. Hij had hem naar de andere kant zien vliegen, misschien was hij degene die hij alsmaar zag. Waar was zijn geweer?! Als hij het bij zich had, zou hij zich gerust voelen. Hij zag het door de lucht vliegen, het lag niet in zijn buurt. Ja, ook het geweer was weggevlogen en verdwenen en hij kon zelfs geen tak op de grond zien liggen die hij zou kunnen oprapen om zichzelf mee te verdedigen. Hij kon zelfs de insecten die om hem heen zwermden niet wegjagen. Hij merkte een heleboel vliegen op, of misschien waren het wel helemaal geen vliegen, maar in ieder geval insecten die boven op een hobbel een krioelende massa vormden. Hij probeerde er niet aan te denken dat dat het lijk van zijn aan flarden gereten medesoldaat zou kunnen zijn, maar in de verte voor zich zag hij, niet heel ver weg, daar op de weg die hij langzaam aflegde, zag hij een uitgestrekte hand liggen. Eén afgerukte hand en een zwerm vliegen.

Hoe lang was hij hier al?

Hij hoorde een gezoem en merkte dat er zich onder aan zijn voeten een hoop insecten verzamelde. Wie weet waren zijn voeten eraf gereten. Zonder voeten zou hij de boom niet in kunnen klimmen, zonder voeten zou hij niet door het bos kunnen rennen. Wat had het anders te betekenen dat hij niet op kon staan? Hij strekte zijn handen en raakte zijn buik aan, probeerde zijn legerplunje vanonder de meedogenloze riem uit te trekken, maar hij was er te zwak voor. Hij begon op zijn buik te slaan, hij wilde zijn vel voelen om er zeker van te zijn dat zijn buik niet open was. Hij schreeuwde en de insecten, vliegen misschien, gingen ervandoor. Hij bedacht dat hier weleens slangen zouden kunnen zitten. Hij was niet bang voor slangen, hij was alleen bang voor de slangen uit de velden, daar, dicht bij de stad, waar hij met zijn vader werkte. Maar de slangen uit de bergen, die maakten hem niet bang. Er was niks dat hem bang maakte op de berg van hun dorp. Maar deze berg, ook al was hij niet ver van het dorp, die kende hij niet. Hij kende de dieren hier niet door en door, had geen hechte band met de bomen hier. Als hij op zijn eigen berg was, dan zou hij niet bang zijn, zelfs als ze zijn lichaam zouden openrijten. Er trok een rilling door hem heen en hij hoorde het slaan van zijn hart zonder te beseffen dat het geheugen een vloek is. Hij herinnerde zich dat dat kalf zwart was, met witte vlekken op zijn voorhoofd. Het was klein en mooi en het was veranderd in voedsel in de buiken van families. Hij had geen hap geproefd van het vlees dat zijn moeder, vermalen met tarwe, had klaargemaakt en van tijd tot tijd zag hij, zittend op het dak, een geslacht kalf voorbijdrijven dat op hem afsnelde met die smekende blik in zijn grote zwarte ogen. Het verscheen bij de top van de tegenoverliggende berg en stak snel over, streek naast hem neer op het dak zonder iets tegen hem te zeggen. Dan vluchtte Ali het huis uit, liep door het dorp naar de tegenoverliggende kloof en bleef van huis weg tot de avond viel.

Ali was kalm, zozeer dat Nahla haar zoon de wijze noemde. Vol angst en ongerustheid sloeg ze hem gade wanneer hij van het dak vluchtte en als de wind over de paden van het dorp rende, tussen de bomen verdwijnend. En wanneer ze hem vroeg wat hem bezeten had, antwoordde hij niet. Ze zei dat hij zijn stomheid geërfd had van haar zus, zijn tante die als dienster werkte bij Abu Al-Zayn. Ali zweeg en herinnerde zich die mooie tante die niet getrouwd was en die hij geen dag met rechte, opgeheven rug had gezien. Ze verscheen ofwel dubbelgebogen in zijn gedachten, aan het werk op de terrasvelden, of eventueel al kuisend, uitgestrekt over de sponsen matras in de kamer, of anders bedolven onder tassen die haar rug deden krommen. Op een dag was ze verdwenen en ze hadden haar lijk beneden in de kloof teruggevonden. Hij hoorde zijn moeder zeggen dat ze zichzelf in de kloof geworpen had omdat ze geloofde dat ze een paar vleugels had en hij geloofde zijn tante, want hij wist dat het waar was. Hij zag haar keer op keer terug in zijn dromen, vliegend met haar vleugels.

Kon hij maar met zijn vleugels naar de boom toe vliegen!

Leek hij dan niet op zijn tante? Iedereen uit het dorp zei dat hij op zijn stomme tante leek. Ze noemden haar stom omdat ze zelden sprak. Maar hij wist dat ze niet stom was! Zijn tante had ongetwijfeld haar redenen om te denken dat ze twee fladderende vleugels had. Dat had ze haar zus een dag voor haar verdwijning toegefluisterd. Ze had haar verteld dat ze dit vervloekte dorp allemaal achter zich moesten laten en dat ze het werk in het huis van Abu Al-Zayn niet meer kon verdragen. Waarom herinnerde hij zich zijn tante nu? Hij had gedacht dat er twee vleugels waren die hem naar de boom brachten, maar de vleugels groeiden niet ondanks het gekriebel van iets wat leek op het kruipen van insecten of kleine beestjes die tussen het haar van zijn borst knabbelden. De insecten waren hem aan het opeten!

Hij zou dus niet vliegen!

Nee, hij bleef op de grond, langzaam verder kruipend, met enkele centimeters per keer. Als hij zo verderging, zou de nacht vallen voordat hij de boom bereikt had en zouden de hyena's hem levend opeten. De hyena's zullen je niet opeten, jij bent het die hen zal opeten! zei een stem hem. Hij wist dat hij hallucineerde en dat het niet de stem van zijn moeder was. En dus greep hij een handvol aarde, hees zijn bovenlichaam recht en kwam opnieuw een paar centimeters vooruit. Hij bewoog zijn vingers, ze kwamen onder zijn bloed te zitten. Hij keek ernaar. Waarom was hij hier? Waarom had hij niet gedaan wat de zoon van de buren deed toen die ervandoor ging, waarom was hij niet gevlucht? Omwille van de schande? Wat betekent dat, schande? Was het schande, of angst, of wat? Verdiende hij dit echt? Had de Rosse hem niet gevraagd het dorp te verlaten voor ze verdween? Waarom was ze verdwenen? En waarom zwegen ze over haar verdwijning? En was zelfs hij haar vergeten? Hij slaagde er niet in om te bevatten wat er gebeurd was!

Het gonzen van zijn gedachten kwelde hem. Hij staarde naar de paar meters voor zich en wilde niet geloven dat dat het volledige leven was dat hem nog restte.

Hij beet met zijn tanden in de aarde en hoorde een stem vlakbij. Hij keek naar de overkant. Daar was het wezen. Het leek of het op vier zwarte poten stond die door de gloeiendhete zonnestralen het fantoom van een legendarisch dier opwierpen. Het moest een dier zijn en geen mens. Hij ontspande zich. Het was geen vijand, hij droeg geen wapen en de hyena's, die lieten zich in de zon niet zien. Bovendien was hij nog niet dood zodat ze dichterbij konden komen om zijn lijk te aan stukken te scheuren. Maar de vier poten verdwenen even snel als ze gekomen waren. In hun plaats kwamen strepen licht en hij wist dat de zon een spelletje met hem speelde. Hij tuurde naar het wezen, het hoofd kwam samen met hem omhoog! Hij had een langere afstand afgelegd dan hij verwacht had, want zijn ogen konden de takken al zien, ze waren vlakbij! Hij strekte zijn handen omhoog en geloofde dat hij ernaar toe zou rennen, maar hij viel hard op de grond en voor hij het bewustzijn volledig verloor, was hij alweer terug en zag hij die hand. Hij vergat het kalf dat met een half hoofd rondwaarde en een seconde lang besefte hij dat zijn hoofd, toen hij gevallen was, op die brede handpalm neergekomen was. En die seconde, die zo deskundig, zo snel en zo gewoon was dat ze op de dood leek, verzekerde hem ervan dat het de afgerukte hand was van de soldaat die bij hem was geweest op het moment van de explosie.

7

Nauwelijks voelde hij de plakkerige hand die zich om zijn hoofd sloot of zijn lippen begonnen te trillen en hij trok zijn schouders weg in de richting van de afgrond. Die beweging bracht hem weer verder weg van de boom.

Hij glipte weg en kwam op veilige afstand van de handpalm terecht. En op een zeker moment, dat zichzelf herhaalde als het klateren van het water in de rivier beneden in de vallei, een moment waarop hij zich bewust werd van pijn, ergens, en dat hem iedere keer weer deed kennismaken met zichzelf – alsof hij een trap opklom, steegjes insloeg en raampjes opende – op dat moment, terwijl hij op zijn tong beet in een poging te ademen, herinnerde hij zich hoe hij toen op zijn tong gebeten had! Ja, hij wist het weer! Dat was na dat pak slaag met de stok van granaatappelhout!

Ali had op dat moment zijn eerste zes jaar op school afgerond en zou naar de middelbare school gaan in het aangrenzende dorp. Zijn dorp lag afgelegen, het had nauwelijks een kleine lagere school en hij en de andere kinderen moesten dagelijks naar een nabijgelegen dorp reizen. Het was niet echt een reis, eerder een kort tripje, niet langer dan een halfuur met de bus, maar Ali hield er niet van. De hoge schoolmuren benauwden hem en hij mocht niet te voet gaan zoals hij wou. Hij haatte het om in die kleine witte bus te stappen, en zich, zo platgedrukt tussen de kinderen, te voelen verstikken. Maar Nahla verplichtte hem ertoe. Op dit moment lag Ali, met zijn blik op de boom gericht, opgekruld op zijn zij nadat hij ontkomen was aan de afgerukte hand, maar toen kon hij zijn voeten nog voelen en naast de kinderen rennen. Daar was hij nu niet toe in staat. Toch was die tijd niet zo ver van dit moment verwijderd, misschien zeven jaar geleden, of acht, hij wist het niet meer! Het was er de tijd nog niet voor, maar hij was zijn leeftijd werkelijk vergeten.

Ali stak zijn ongenoegen over hetgeen hem overkwam, geplet op de bus tussen de onophoudelijk krijsende kinderen, niet onder stoelen of banken. Hij deed wat Nahla van hem verlangde en ging naar school, maar hij bleef zich afvragen waarom hij per se moest doen wat de andere kinderen deden?! En wie besliste dan wat kinderen hoorden te doen? Hij haatte de taal van de mensen, hun manier van praten en schrijven, zich uitdrukken. Hij hield simpelweg niet van de manier waarop ze met hun dieren omgingen en hij vond daar geen verklaring voor. Dus wie besliste dan dat hij opgepropt met de anderen in een kamer moest zitten die ze een klaslokaal noemden of op een ander begrensd stuk grond dat ze een huis noemden?! Zijn vragen bleven gevangen in zijn hoofd en Nahla wilde er niets van weten. Ze stond erop dat haar kinderen hun school afmaakten, zodat ze een baan voor de overheid konden krijgen en een vrouw en kinderen. Zijn vader kon het niet schelen, of misschien dacht hij dat maar. Ali was van mening dat de desinteresse van zijn vader een nuttige zaak was en dat het, van tijd tot tijd, goed was om licht over de dingen des levens heen te stappen. Zijn vader was, vond hij, licht in die zin van het woord en soms hield hij van die achteloosheid van hem. Hij kon dat woord trouwens niet helemaal bevatten. De lichtheid die hij in gedachten had, nu nog steeds, betekende voor hem dat hij de tijd liet beslissen, zichzelf overleverde aan de elementen van het leven die hij zo graag had en hun gevangene bleef. De wind, de bomen en de hemel, de wolken en de druppels bevroren dauw die als een kroonluchter aan de takken bengelden... de kleine libellen... en de roze wormen, en het onkruid dat tussen de rotsen groeide, en... en... het deed er allemaal niet toe, er was toch niemand die zou begrijpen wat hij wilde zeggen. Zijn moeder zou hem terechtwijzen en de enige taal die zijn vader zou vinden om zich verstaanbaar te maken, was de stok van granaatappelhout. Ja, hij stond ver bij die vader vandaan die 's morgens vertrok en 's avonds terugkwam en van wie hij niet wist wat hij deed tot hij hem later op die uitjes zou vergezellen, die absoluut geen uitjes bleken te zijn. In ieder geval herinnerde hij zich nu die pijnlijke klap, soortgelijk aan de pijn van zijn kapotgebeten, bebloede tong. Het zweet droop zonder ophouden van zijn lichaam en de enorme hoeveelheid zout van het gutsende zweet dat hij in zijn ogen post voelde vatten, maakte hem nog dorstiger dan toen hij bij bewustzijn kwam.

Waarop hij zich kon richten was dat de pijn wazig was, misschien was zijn lichaam in die vervlogen tijd niet zo opengereten als het nu was, maar hij herinnerde zich de slagen die hij van alle kanten had geïncasseerd. Het was tijdens de eerste schoolweek. Zijn wereld was plotseling veranderd, de nieuwe school krioelde van de onbekenden, jongens en meisjes uit de omliggende dorpen en inwoners van het grote dorp dat in een stad veranderd was. Hij hield zich afzijdig en ver van iedereen, zelfs van de kinderen uit zijn dorp. Hij zat op een stoel achteraan zoals gewoonlijk, rustig, zwijgend, ernstiger dan goed was voor een jongen van zijn leeftijd. Hij was beducht voor die ene zin en bad dat hun leerkracht hem niet opnieuw zou uitspreken, die zin die hij altijd weer hoorde wanneer ze de kinderen op school straften. De magische zin die hem de slaap benam en hem met nachtmerries bestookte en die het had over hoe de aarde zich zou opensplijten om kinderen op te slokken. Hij was geen ongehoorzaam kind, de slagen die hij van zijn vader kreeg waren louter bedoeld als borgsom om hem op het rechte pad te houden. Maar dat, ook dat, was niet belangrijk want hij wilde terug naar zijn hut en als het hem gegund zou zijn om deze wereld achter zich te laten en bij zijn bomen achter te blijven, dan zou hij gelukkig leven. Hij droomde ervan om zijn vader te zien veranderen in een klein kind en met hem van rol te wisselen. In feite was die transformatie slechts fantasie en hij pijnigde zijn hersens over een mirakel dat de zaak zou kunnen bewerkstelligen. Op een dag hoorde hij de Rosse uit over de mogelijkheid om de tijd onder de duim te krijgen en of hij ouder zou kunnen worden en zijn vader jonger. De Rosse vertelde hem in alle ernst dat dat onmogelijk was, tenzij zijn vader zou sterven en opnieuw geboren zou worden in een andere familie. Dan zou zijn droom werkelijkheid kunnen worden, tenminste als hij in zijn nieuwe leven de gedaante van een mens zou aannemen en daaraan twijfelde ze zoals ze hem zei, aangezien zijn vader zoiets niet waard was. De zaak beviel Ali allerminst, want hij was ervan overtuigd dat zijn vader nooit zou sterven. Vaders sterven niet! zei hij droevig tegen de Rosse. Daarna zweeg hij over zijn droom en vergat hem en toen hij achttien jaar werd en ze besloten hem op die school tussen de onbekenden te smijten, kwam hij tot de constatering dat het Nahla was, die de wetten opstelde, met wie hij een probleem had! Al die onbekenden waren wrokkig tegenover hem, omdat de jongen met de gebogen neus en het honingkleurige haar niet tegen hen sprak, wat hem betrof waren ze vreemden. Hij had het gevoel dat ze in hetzelfde schuitje zaten en allemaal kilometers doorkruisten om samen in betonnen kamers gepropt te worden die de volwassenen een school noemden.

De eerste dagen verliepen vredig ondanks het feit dat hij het maar vreemd vond dat hij verschillende leraren en leraressen kreeg, voor ieder schoolvak een andere leerkracht. Hij raakte erdoor in de war, maar zijn kleine broer, een van de meest vlijtige leerlingen van het dorp, zou hem uitleggen dat dat heel gewoon was. Ze werden immers groter en moesten steeds meer en specifiekere kennis opdoen. Hij verzekerde Ali dat hij zich een jaar later bij hem zou voegen en dat ze dan samen zouden zijn, dat hij niet meer alleen zou zijn. Het vlijtige broertje zou de eer van zijn familie hoog houden. Hij zou niet gedwongen zijn om zoals Ali te worden, hij zou zijn universiteit afmaken en ze zouden hem niet naar een plaats als deze slepen, waar vliegtuigen je per vergissing met raketten bekogelden. In die tijd zou Ali geen acht slaan op wat zijn broer hem zei en hem beschouwen als niets meer dan een klein kind. Hij wilde op de uitgestrekte grasvlakten blijven, zozeer dat Nahla hem zoon van de wildernis en kind van de hyena's noemde! Dat had ze tegen hem gezegd toen hij luid en duidelijk te kennen gaf dat hij niet terug naar school wilde: 'Ben je soms geboren in een nest hyena's? Waar wil je dan leven als je niet kunt lezen en je school niet afmaakt?! In 't wild bij de beesten misschien?!' Hij bewoog zijn hoofd enkele malen op en neer en toen ze hem informeerde dat, als hij dat zou doen, hij zijn leven lang als dagloner voor anderen zou blijven werken en zijn vader zou vergezellen naar het werk op het veld, herhaalde hij diezelfde beweging met zijn hoofd. En terwijl hij haar hoorde schreeuwen vertrok hij naar het bos en keerde niet terug voor het avond was. Zijn dag bracht hij naakt door aan de rivier beneden in de vallei. Hij hield ervan om zich daarin te wassen ook al bleef er de laatste jaren steeds minder water over.

Was er hier ergens een rivier? Misschien had hij onvoldoende tijd gehad om deze plek grondig te ontdekken. Toen hij en de andere soldaten het bos doorkruisten, beginnend van beneden in de vallei richting de top, op zoek naar het licht tussen de bomen, had hij geen spoor van een rivier geroken. Volgens de orders van de verantwoordelijke officier verplaatsten ze zich 's nachts, aangezien ze zich op een van de frontlinies in de bergen van Latakia bevonden waar militaire brigades die zich tegen het regime verzetten de controle hadden over enkele dorpen. Hij wist niets over die brigades behalve wat hij in die video's had gezien die de mensen uit het dorp met elkaar uitwisselden van mannen met lange baarden en lange, vreemde gewaden. Die mannen droegen wapens en dreigden in de video's met slachtpartijen en moord, maar ondanks de angst van zijn medesoldaten bewoog hij zich licht van de ene plek naar de andere terwijl hij de bevelen uitvoerde en verrukt was om het bos te doorkruisen, de berg te beklimmen en af te dalen naar de vallei. Toen had hij nog voeten. Hij wou dat hij zich er nu van kon vergewissen of hij voeten had, ernaar kon kijken… gewoon kijken. Kon hij zijn rug maar rechten! Maar zijn rug bleef onbeweeglijk.

Tijdens zijn tweede week op school, toen hij zijn voeten nog kon voelen en de wereld van zijn kindertijd achter zich liet, toen hij in de klas zat, teruggetrokken op de laatste bank en met een ernstige blik om wat de leerkracht zei, voelde hij een stoot in zijn nek en schoot wakker uit zijn gedroom. Hij zag de mond van de leerkracht allerlei dingen mompelen terwijl de kinderen om hem heen doodstil waren. Hij verwachtte dat ze hem zouden uitlachen, hem voor gek zouden zetten, maar dat deden ze niet. Het gezicht van de leerkracht was rood geworden en toen, plots, hoorde hij die zin. De zin die hij al tijden hoorde. Hij kon hem tussen de razende zinnen van de leerkracht ontwaren. Hij had dons in zijn baard gekregen en zijn snor begon vorm te krijgen, tekende zich met glimmende gouden haartjes af. Hij reisde alleen van het ene dorp naar het andere en kon doen wat hij wou. Het haar onder aan zijn buik was gegroeid en alles aan zijn lichaam, niet enkel zijn lange gebogen neus, werd langer. Zijn stem was fors geworden en de monsters die de aarde openspleten en hem opslokten sinds hij zich bewust was van de wereld rondom hem, die wilde hij vermoorden. Na het voelen van de pijn van die dreun was hij niet in staat om te schreeuwen. In plaats daarvan stootte hij dat gefluit uit. Hij kon zelfs geen antwoord hakkelen toen de leerkracht hem vroeg om de tekst voor te lezen. De leerkracht nam het boek en sloeg hem ermee op zijn rug. Toen sprak hij voor de tweede keer die woorden: 'Lees voor of ik blijf slaan tot er iets uit de aarde tevoorschijn komt om je op te eten.' Op dat moment, althans volgens het relaas van de andere kinderen, greep Ali het boek vast, smeet dat in het gezicht van de leerkracht en sprong boven op de banken. Daar greep hij zijn eigen houten stoel, kieperde die omver en brak het glas van het raam. De kinderen weken doodsbang uit elkaar terwijl hij de stoel en de tafel in het gezicht van de leraar wierp en de leraar noch de kinderen konden hem stoppen toen ze samen om hem heen kwamen staan. Hij trapte en spartelde in het rond met gesloten ogen en als hij de nek van de leerkracht had weten te bereiken had hij er zijn tanden in gezet, maar de leerkracht greep hem bij zijn nek en de kinderen beukten op hem in. De slagen kwamen van alle kanten en hij zag een regen van sterretjes en de hand en knuist van de leerkracht terwijl die hem met zijn vuisten bewerkte en uitschold en als de directeur van de school niet binnengekomen was om hem te bevrijden, had hij Ali's botten gebroken. Ali herinnerde zich een vraag die hij jarenlang niet uit zijn hoofd had gekregen, waarom had de leerkracht hem samen met de andere kinderen in elkaar getimmerd? Hoe hadden ze zich zo snel samen geschaard? Zijn leerkracht kwam uit een van de omringende dorpen en hij was een actief lid van de heersende partij. Die leerkracht zou tijdens de latere jaren van de oorlog veranderen in een enthousiast ondersteuner van een netwerk van milities en een zeloot van de bovenste plank onder de partijleden. Niemand wist precies wat het was dat hij deed. Ali zelf zou hem nooit meer terugzien, maar zijn faam strekte zich uit tot aan de horizon en niet enkel kinderen zouden hem vrezen. Nee, vele mensen kenden en herhaalden zijn naam, zeiden dat hij de verbindende schakel was tussen hoge autoriteiten die plannen uitdachten en ondergeschikte krachten die de plannen uitvoerden. Anderen zeiden dat hij er een van de geheime dienst was! Niemand wist het fijne van deze geruchten omdat de leerkracht die Ali was blijven slaan tot de directeur van de school hem ter hulp kwam, de vernedering die Ali hem had aangedaan en waarmee hij zijn aanzien bij de leerlingen had gekraakt, zou vergeten. Net zoals Ali zou vergeten wat de leerkracht tegen hem gezegd had: 'Ik zweer het, ik zal u weleens opvoeden, iedereen uit de bergen zal er een voorbeeld aan kunnen nemen, gij hoerenjong, gij meeloper… ik zeg het u, hier ben ik de staat.' Ali zou er nooit achter komen hoe die staat, die hij niet zag maar in wiens naam zo velen spraken, er dan wel uitzag! Maar dat wilde niet zeggen dat hij van tijd tot tijd niet moest glimlachen, tevreden over zichzelf wanneer hij zich dat voorval op school herinnerde en hoe hij de leerkracht die monsters uit de aarde naar boven wilde halen om de kinderen op te slokken ervan langs had gegeven.

Onmiddellijk na dat incident verliet Ali de school en hij was gelukkig omdat hij het had opgenomen tegen de monsters die uit de aarde komen om kinderen te verzwelgen. Hij herinnerde zich nu dat hij dagenlang in bed was gebleven, niet wetend waar de pijn vandaan kwam. De zwarte dagen waarin hij gedwongen werd die zin aan te horen waren immers voorbij en hij was tevreden dat die zin bij hem thuis niet over de tongen ging. Hij raakte ervan overtuigd dat schoolmeesters zoals de hyena's uit het bos waren en hij haatte ze met een overgave die zijn familie niet begreep. En toen hij het op een keer aandurfde om Nahla te vertellen dat de leerkrachten op school spionnen waren van de monsters die in het diepe binnenste van de aarde wonen en kinderen opeten, lachte ze, zijn woorden wekten geen enkele belangstelling. Ze dacht dat het wel zou voorbij zou gaan, net zoals het leven rond haar voorbijging, alsof het nooit gebeurd was. Zij vergat en degenen rond haar vergaten, en zelfs Ali vergat die aframmeling na enkele maanden. Hij had zichzelf weer gevonden, geloofde hij, en hij zou niet meer gedwongen worden om op die plek die men een school noemde te blijven. Hij zou niet meer met onbekende kinderen moeten omgaan die hem sloegen en Nahla en zijn broers en zussen en zijn vader zouden het wel vergeten, want hun jongste zoon, die zo zijn best deed en hen de tekortkomingen van hun middelste zoon deed vergeten, stond in voor een droom die ze nastreefden. Tenslotte droomden ze van een hoog opgeleide zoon die naar de universiteit zou gaan. Ali zou vergeten dat zijn vader hem aan de stam van de eikenboom had vastgebonden en hem met de stok van granaatappelhout geslagen had, dat hij daar vastgebonden was gebleven tot het einde van de nacht terwijl hij zijn straf onderging. Zijn vader was ieder uur komen vragen of hij zijn excuses zou aanbieden aan de leerkracht en terug naar school zou gaan. En Ali, die met koorden om zijn middel op zijn plek gehouden werd, antwoordde met zijn gefluit en hief zijn hoofd omhoog, gunde het gezicht van zijn vader geen blik waardig en bleef zijn hoofd steeds opnieuw bewegen terwijl hij naar de takken van de boom staarde. Dan gaf zijn vader hem opnieuw een pak slaag en hij zette zijn gefluit verder tijdens de afranseling, zijn ogen gericht op de hoge takken en de lichtformaties, volledig opgeslorpt in hun spel met de bladeren. Aan het einde van de avond zou Nahla de koorden losmaken en de wonden verzorgen die de stok van zijn vader en de slagen van de meester en de kinderen hadden achtergelaten, terwijl hij floot en floot zonder ophouden.

Nu kon hij niet fluiten! De spieren van zijn lippen waren opgesteven, alsof ze met dikke koorden waren vastgebonden. Als hij vooruit wilde komen en de plaats wilde heroveren van voor hij uit angst van de afgerukte hand was weggegleden, wat kon hij dan nog doen behalve om een wonder smeken? Hij moest omhoog komen, zijn hoofd met meer kracht dan eerst opheffen. De zon stond niet meer aan het midden van de hemel en hij kon de beweging van de tijd maar al te goed ontsluieren op basis van de kleuren van het licht. Hij besefte dat de tijd hem ontglipte en dus duwde hij zijn borst en zijn hoofd vooruit en slaagde erin om opnieuw zicht te krijgen op de plek om hem heen. Toen zag hij datgene wat men voeten noemt, een paar seconden maar, voor zijn hoofd weer op de grond viel. Dus hij had voeten. Zijn voeten waren er niet af. Maar wat als ze verbrijzeld waren onder die hoop bladeren?! Toen zag hij zijn legerbottine en eindelijk moest hij hoesten, hij kon niet ademen, voelde het gewicht. Dat maakte hem rustig, dat zware gevoel en het zien van zijn militaire schoen met die lange nek wilde zeggen dat hij in staat zou zijn om te wandelen. Maar wat was dat zware ding dat zijn knieën verhinderde om te bewegen? Hij hief zijn nek omhoog en het ding leek op een hoopje te liggen. Hij werd bang, zag het beeld van zijn medesoldaat die door de lucht vloog! Toen begreep hij in die paar seconden dat het niet meer was dan een zakje, een restant van de zandbarricades. Dat wilde zeggen dat hij niet makkelijk vooruit zou kunnen komen. Misschien was dat wel wat hem tegenhield. Hij moest van die zandzak afraken. Hij ademde diep in en hield zijn adem daarna in. Dat deed hij stelselmatig en onafgebroken, hij ademde diep in en hees zich overeind, alsof hij uit zijn graf verrees. Hij bewoog zijn romp vanaf het midden, trok zijn knieën op, en rolde daarna zijn lichaam om. Het was hem gelukt om zich van de zandzak te ontdoen en hij was volledig opgekruld op zijn rechterzij komen te liggen. Hij schudde alle bladeren en takken van zich af en wat nog van de zandzakken overbleef en zag zijn lichaam in zijn geheel, of dat dacht hij, van zijn haargrens tot aan de puntjes van zijn legerbottine.

8

Ali wist niet wie hij was! Hij zag zijn leven voor zich, in stukken en brokken, zoals hij het geleefd had. Hij wist niet meer of hij moest nadenken over zijn bestaan als individu in een groep mensen die leefden volgens de regels en de geschiedenis van de berg. Het kwam niet in hem op om na te denken over de vorm van zijn gezicht, zijn voeten en zijn neus, of over waar zijn harde gelaatstrekken vandaan kwamen. Noch om zich af te vragen wie hij nu werkelijk was. En waarom hij hier deel van moest uitmaken? Hij wilde ook niet nadenken over die onzin die anderen beschouwen als ware het de meest begeerde luxe. De onzin te weten wat men wil in het leven en het ‘hoop’ of ‘een doel’ te noemen. Terwijl hij daar onbeweeglijk lag, was hij zich maar van één simpel iets bewust. Hij bestudeerde de boom en het andere wezen. Hij concentreerde zich niet op de beweging van de zon en wat er zou kunnen gebeuren als ze uit zou gaan, wanneer de planeet zou ophouden te bestaan. Alles lijkt namelijk onderhevig aan verandering die zich plots en onbegrepen voordoet. Hij was alleen geïnteresseerd in de bomen... de wind en de wolken, de bergen, de regen en de sterren, de geur en de maan. Hij was alleen maar geïnteresseerd in de dingen die ervoor zorgden dat hij niets anders hoorde dan het geluid van zijn innerlijke kreten. Hij was alleen maar geïnteresseerd in de dingen waarover niet gekletst hoeft te worden, zoals hij tegen zichzelf bleef herhalen. Daarom hield hij niet van dieren en jaagde hij ook niet op vogels. De wind daarentegen had een speciale plek in zijn binnenste, omdat hij het gevoel had die beter te kennen dan de wolken, de regen en de sneeuw. Wanneer de wind langs zijn wangen waaide, opende hij zijn mond, slokte de wind op en ademde hem in als een verteerbare substantie. Hij at de wind letterlijk op, kauwde erop, en slikte hem door tot in zijn maag. Zelfs met zijn ogen dicht kende hij de richting waarin hij waaide. In de wind kon hij de regen zien nog voor die neerstortte, en wanneer de wind koud was, voelde hij de sneeuw al aankomen.

Ja! De wind was een essentieel element in zijn leven, net als de bomen en de wolken. Vroeger dacht hij daar niet over na, omdat hij nog niet had besloten, of misschien gewoon nog niet wist, dat dit onontbeerlijk was in zijn leven. Hij dacht gewoon dat dat leven was. Hij had een overweldigend gevoel van gemoedsrust wanneer hij dicht bij zijn geliefde bomen en dingen was. Dagelijks op het dak van hun huis zitten, door de seizoenen heen, ver weg van zijn familie en buren, was een deel van zijn natuur die hij nog niet kende. Wanneer hij tijdens donkere nachten neerlag, en zag hoe zijn ribben bewogen met de sterren, hoe zijn ziel gepeld werd als een peer, dan wist hij dat hij daar zo wilde blijven!

Hij dacht nu dat, als de wind wat zou waaien, hij misschien wat kracht zou voelen. Drift overviel hem, als een knallende donderslag, en hij wilde leven, ja, dat wilde hij... elke dag in zijn dorp wakker worden en het gezicht van Nahla zien, waarna de wind zijn wang zou strelen en tot diep in zijn maag zou doordringen. Dit was iets zo intens en vitaals dat hij het niet kon verklaren. Hij kon het eigenlijk niet eens vitaal noemen, maar hij voelde het diep vanbinnen.

Zijn gedachten slingerden gezapig heen en weer, maar zodra hij zijn hoofd optilde en zag dat hij nog steeds zijn benen had, begon zijn wakkere geest te razen, hoewel hij nog steeds niet zeker wist of hij nog in leven was. Op z'n minst kon hij het leven nog voelen. Wat was hij verrukt over het leven dat hem kracht gaf! Herinneringen aan een lichte bries, waarvan de frisse geur langs zijn neus vloog, kwamen in hem op. Misschien dat de hemel wel besloot hem te helpen door wat vlagen van zijn regenachtige wind te sturen. Maar het was zomer!

Hij bewoog zijn voet en was ervan overtuigd dat hij kon gaan zitten. Hij verwachtte een teleurstelling maar dat maakte hem vastberadener. Door zijn voet te bewegen, zijn hoofd op te tillen en op zijn linkerelleboog te leunen, zag hij aan de andere kant van zijn legerbottine dat gat, dat verraderlijke gat! Eerst begreep hij niet goed wat dat gat betekende, omdat hij het niet duidelijk zag, ondanks het schitterende licht en de enorme ruimte. Maar toen werd het kleine gat in zijn legerbottine duidelijk! Zijn rechtervoet, het was zijn rechtervoet! De bottine was open bij zijn hiel. Zijn bottine was bij de hiel afgesneden. Hij staarde en haalde diep adem, kwam overeind en tilde zijn romp half op. Ja, nu was het duidelijk dat zijn rechterhiel niet aanwezig was. Van zodra hij zijn voet bewoog, kleefden stof en bladeren in dat bloederige gat. Hij werd een pijn gewaar die hij nooit eerder had ervaren, het moest dus een deel van zijn lichaam zijn. Het was ongetwijfeld gaan vliegen met de korrels zand en stof, en had zich zo verspreid.

Een deel van hem was al begraven!

Dit was geen droom!

Met zijn ogen speurde hij om zich heen, misschien vond hij zijn ontbrekende deel wel terug. Maar, dacht hij, zijn hiel moest volledig afgebrokkeld zijn! Elke keer dat hij pijn ontdekte en besefte dat hij nog leefde, werd zijn vastberadenheid aangewakkerd. Deze keer was het anders. Hij hoopte dat er geen andere delen van zijn lichaam ontbraken. Hij zou momenten als deze nog steeds met verbazing en verwondering herbeleven, hij zou zijn hoofd omdraaien en achter de boom het lichaam van dat andere wezen zien, dat op dezelfde wankele manier zat, op zijn rechterelleboog leunde en hem aankeek. Als hij, die ander, ook een deel van zichzelf was kwijtgeraakt, zou het misschien zijn hiel zijn. Een droom onthulde dat wat hij zag, niets anders was dan een spiegelbeeld, want dat wezen bewoog nog, en het had dezelfde wond aan zijn linkeroor. Even hoopte hij hem duidelijk te kunnen zien, maar hij zette hem daarna uit zijn hoofd, omdat hij aan de wilde dieren begon te denken die naar hem toe zouden komen zodra de duisternis zou vallen. Hij verwachtte hen!

Hoe zou een stukje van zijn vlees eruitzien wanneer het door de lucht dwarrelde? Zoals zandkorreltjes!

Hij beet op zijn lippen en proefde een zoute smaak, met een vleugje bitterheid, te vergelijken met de smaak van een eikel; bitterheid met wat extra zout. Even dacht hij dat hij leek op dat kalf dat rondliep met de helft van een kop. Het beeld van het kalf mengde zich met herinneringen aan de wind en de boom in de buurt van het schrijn. De cactussen en de wind, die hij meer dan wie dan ook kende, gaven hem inspiratie. Hij stoeide met de wind en speels waaiden ze samen over de rotsachtige klif. Nadat hij geweigerd had naar school te gaan en een pak slaag had gekregen toen zijn vader hem had vastgebonden aan de stam van zijn boom, sprong hij de volgende dag voor dag en dauw uit zijn bed. De winter was net begonnen, en dan sneed in de bergen de koude dageraad als een scheermes in je gezicht. Dit weerhield hem er niet van om naar buiten te gaan. Ondanks de wonden die de stokslagen op zijn voeten hadden achtergelaten, liep hij naar de klif. Hij stak de paden over naar de andere kant, voorbij het bos, totdat de rotsen voor hem verschenen en de spleet tegenover de berg opdoemde, daar waar de aarde openbrak en een steile klif creëerde. De mensen van het dorp noemden die klif de Vallei van de Hel.

Hij zat op de rand van de rots en voelde opnieuw het verlangen om te vliegen! Hij schopte zijn plastic slippers uit, liet zijn benen in de leegte bengelen en bewoog zijn tenen, die blauw zagen en gewond waren door de slagen van de stok van granaatappelhout. Hij ademde opgelucht, terwijl zijn tenen dansten in de wind. Het briesje was koud, scherp en sterk genoeg om hem te laten ontspannen terwijl hij naar de afgrond van de vallei keek. De lucht speelde evenzeer met hem, en de regen die viel nadat het licht werd, maakte hem nat. Met zijn vingertoppen palpeerde hij de richel van de rots, en keek naar de overkant, daar beneden. Hij vroeg zich af of daar misschien een vreemde boom stond, een uniek exemplaar, een boom die hij nog niet kende. De Rosse had hem gezegd dat daar niets uitzonderlijks was, buiten een kleine rivier die hij al kende en waarin hij soms baadde, en struiken die hij te voet zou kunnen bereiken vanuit het naburige dorp. Dat leek gemakkelijker, omdat de helling van de rots aan de andere kant minder steil was. Hij kon wat kleding meenemen, naar de vallei afdalen, en blijven wandelen totdat hij een plek zou vinden waar hij zou kunnen leven zonder ooit terug te keren. Maar hij zag af van dat idee, omdat hij liever ergens hoog zou wonen waar er wind was. Toen ging hij achteroverliggen en plooide zijn lichaam in een rechte hoek die aan de rots kleefde. Voor iemand die van ver keek, leek hij de opstaande hoek van een driehoek. Hij beeldde zich namelijk in dat iemand hem van bovenaf aankeek. Die persoon zou Ali zien als een deel van de klif; zijn onderste helft hing in de wind en zijn voeten bengelden in de afgrond, terwijl zijn andere helft zich met gekruiste handen vastklampte aan de rotsen, en zijn vingers de getande randen doorboorden. Hij wou dat deze klif zou veranderen in een torenhoge pilaar van rotsen, met bovenop een stenen bed, en daaromheen twee eikenbomen; de boom van bij hun huis, en de boom van bij het schrijn. Maar hij liet die wens varen, want boomstammen zouden niet groeien op een rotsachtige ondergrond als deze. En toch was hij er zeker van dat de boom zijn weg zou vinden, dat zijn wortels zich langs de rots zouden uitstrekken, en door de rotsen heen naar beneden zouden groeien op zoek naar aarde. De gedachte amuseerde hem en hij glimlachte. Daarna slikte hij de regendruppels in, hij stak zijn tong uit, proefde de kleine druppeltjes, bewoog ze over zijn tong en lachte hardop. Dit gebeurde slechts zelden. Hij vergat de pijn in zijn tenen en rug, en de sporen van de stokslagen van zijn vader. Die stok was gemaakt van een granaatappelboom, dun en glad. Ali had hem vanonder het bed van zijn vader getrokken, die hem daar als een kostbare schat bewaarde. Hij had hem voorzichtig en bang weggenomen toen hij nog voor zonsopgang was weggeglipt. Hij had hem krachtig vastgegrepen, zijn gladheid en gestroomlijnde vorm betast, en hem vastberaden in zijn grip gehouden. Daarna was hij naar de klif gevlucht terwijl hij met de stok in de lucht zwaaide. Toen hij bij de klif was aangekomen, had hij hem in het ravijn gegooid. De stok viel voor hem de diepte in, terwijl de regendruppels met zijn tong speelden, en hij zich met de regendruppels amuseerde. Hij behoefde niets, behalve zijn droom over het stenen bed boven op de hoge rots. Dat was gemakkelijk. Het was niet moeilijk. Hij had ooit een verhaal gehoord over een man die zo leefde... Maar!

De lucht was zwart geworden en het regende pijpenstelen, dus ging hij weer rechtop zitten en liet zijn voeten bengelen terwijl hij in de afgrond keek. Hij voelde geen angst! Zijn rug deed pijn. Hij kon niet meer liggen, dus krulde hij zijn lichaam op, plooide zijn knieën naar zijn kin, en stond op. Hij ging bij de rand van de klif staan, zorgde dat hij stevig stond en spreidde zijn armen. Een rilling ging door hem heen en hij kreeg kippenvel op zijn rug, of dat dacht hij. Hij opende zijn ogen en zag hoe ver de hemel, het bos en het struikgewas zich uitstrekten. Hij was klaar om te vliegen. De wind verleidde Ali om samen te spelen, en spelen met de wind betekent vliegen, zei hij tegen zichzelf. Hij wilde zijn favoriete spel spelen, al was het maar voor één keer, hij met de wind, zonder takken. En dus ademde hij diep in en trok zijn buik zo hard in dat hij het gevoel had dat zijn botten uit zijn borst zouden springen. Op dat moment begon het te stortregenen en ging de wind liggen, waardoor hij ontwaakte uit zijn drang en verlangen om te vliegen. Hij deed twee stappen achteruit, weg van de rand. Hij greep zich vast aan een scherpe uitstekende rots, waaronder een plant groeide. Hij draaide zich niet om om te zien wat voor soort plant het was. Hij had doorns, want hij verwondde zijn vingers. Hij krulde zich op in een bolletje, met zijn knieën tegen zijn borst getrokken en mompelde: 'Hier ga ik wonen!'

Ali was daar niet gaan wonen! Bewegingloos bleef hij daar tot de nacht viel. Toen hij moe werd, ging hij liggen, nog steeds in foetushouding. Zijn familie zocht hem de hele dag, maar ze vonden hem niet. Nahla's smeekbeden echoden, terwijl ze in de vallei tegenover haar huis schreeuwde. Ze dacht dat haar zoon in de vallei was gevallen, en zijn tante achternagegaan was. Zijn vader dwaalde door het struikgewas, terwijl hij zijn naam riep. Ze vonden hem pas de volgende dag. Volgens de buurvrouwen was hij bewusteloos en hing de helft van zijn lichaam in de wind te bengelen. Daar zagen ze hem liggen, opgerold in een bolletje als een bal van doornen. Zijn tong was uitgestoken. Hij had erin gebeten, want er sijpelden enkele druppels bloed uit. Toen ze hem terugbrachten, zwoer Nahla bij alle heiligen dat ze hem niet terug naar school zou laten gaan, en ze kwam haar gelofte na! Het was een belofte die gemakkelijk te houden was, omdat ze er geen offers voor moest brengen en er was geen geld voor nodig. Ze zwoer dat ze blootsvoets, samen met haar zoon, naar het schrijn van de grote heilige sjeik zou gaan, in de hoop dat hij hem zou genezen 'van zijn dromerigheid'. Ze zei niet 'van zijn krankzinnigheid', zoals ze dat in het dorp deden.

9

Zelfs op haar meest angstige en wanhopige momenten durfde Nahla niet anders dan diezelfde gelofte af te leggen. Maar hun levensomstandigheden werden met de dag slechter want dag na dag werkte ze om de geloften van opoffering na te komen. Ze had bij die gelofte gezworen en ze zou er niet van afzien. Ze bleef dezelfde zin prevelen, terwijl ze Ali's natte kleren uittrok en op de dokter wachtte: 'Blootsvoets... in de koude... zullen we op pad gaan.'

Toen Ali dat hoorde was hij blij, en hij vergat zijn droom om op de rotspilaar te wonen. Hij begon zijn kindse wereld achter zich te laten, gerustgesteld omdat ze eindelijk aan hem hadden toegegeven. Hij stelde zich voor hoe de trip zou zijn, ook al was dat schrijn ver weg. Hij was vooral opgetogen door twee details: dat ze te voet gingen... en dat ze blootsvoets waren, hij en zijn moeder, samen onderweg.

Toen ze in de stad aankwamen, zag hij Nahla vooroverbuigen en haar schoenen uittrekken. Zolang als hij zich kon herinneren droeg zijn moeder dezelfde schoenen; bruine instappers met vierkante hakken die een tikkend geluid maakten als ze liep. Ze had ze op een markt voor tweedehands kleding gekocht, en pochte ermee dat ze van buitenlandse makelij waren. Hij boog voorover en deed hetzelfde. Zijn moeder pakte snel zijn schoenen en stopte ze in een zak. Daarna nam ze hem stevig bij de hand en gingen ze verder zonder een woord te zeggen.

Er was meer dan een week verstreken sinds het incident aan de klif, een week die hij in bed had doorgebracht. De vader drukte zijn vrouw en hun zoon op het hart dat het te koud was. Hij probeerde te voorkomen dat Nahla haar gelofte onmiddellijk zou nakomen, maar Nahla antwoordde dat de koude een goed voorteken was, omdat blootsvoets wandelen in de zomer niets te betekenen heeft, en de bittere koude maakte deel uit van haar geloften. Velen, onder wie de Rosse, probeerden de magere vrouw ervan te overtuigen het inlossen van haar gelofte tot in de lente uit te stellen, maar Nahla was bang voor Gods toorn, en vreesde dat haar zoon voorgoed verdoemd zou zijn als ze haar gelofte niet snel zou nakomen. Bovendien zou ze haar zoon leren om een man te zijn. Hij had trouwens de hardheid van de klif al verdragen, zonder dat hem iets slechts was overkomen, en dat interpreteerde zij als een teken. Ze moest en zou haar gelofte nakomen.

En dus hield ze zijn hand vastberaden en stevig vast. Hij herinnerde zich hoe haar ruwe hand strak rond zijn vingers geklemd was, hoe ze hem achter zich aan trok ondanks de koude, de schrammen en de sporen van de wonden aan zijn voeten. Ze vertelde hem dat het gemakkelijk zou zijn, ze moesten alleen maar de autosnelweg volgen die de regering tussen Damascus en Latakia had aangelegd en die de gronden en boomgaarden van de landbouwers doorkliefde. Het was de eerste keer dat Ali de citrusboomgaarden zag, en de spoorweg die langs de snelweg liep. Maar hij zou de komende uren geen enkele trein zien. Hij vroeg zich af waarom men een spoorweg aanlegde als er geen treinen op reden. De citroen- en sinaasappelbomen waren groot, maar niet zo groot als zijn bomen, en ze zouden er nooit aan kunnen tippen, dacht hij enthousiast bij zichzelf. Maar deze bomen hadden een andere glans onder de regendruppels. Hij vond dat ze een zilverkleurig licht reflecteerden. Hun geur drong door tot in zijn slagaderen. Hij was betoverd door de enorme vlaktes die zich voor hem uitstrekten en de manier waarop het grijs van de lucht zich mengde met het groen van het aardoppervlak. Hij wist toen nog niet dat hij later in die boomgaarden zou gaan werken, dat hij ze van binnenuit zou leren kennen, en dat hij zou ontdekken dat er enorme sinaasappelbomen waren, groter dan hij zich ooit had kunnen inbeelden. Met pretogen keek hij naar de huizen en de dorpen die achter de boomgaarden lagen. Hij dacht dat zijn moeder hem zou belonen met een uitstapje naar de zee, maar dat zou ze niet doen. Haar voeten zouden vol blaren en kloven staan, en de zijne trouwens ook. Hij hoestte ook hevig tijdens de tocht, want hij had een zware verkoudheid opgelopen na het incident bij de klif. Zijn moeder zei hem dat dit deel uitmaakte van de gelofte, en dat hij dichter bij God zou komen hoe meer hij leed en hoe meer geduld hij opbracht. Af en toe voegde ze eraan toe dat hij, als hij groot zou zijn, wel zou begrijpen wat het betekent om God en Zijn rechtschapen heiligen te behagen.

Toen Ali het schrijn bereikte, keek hij verbaasd naar de plek, omdat die in niets leek op het beeld dat hij in zijn hoofd gevormd had van de wind en bomen daar. Het was niet te vergelijken met de schrijnen op hoge bergen! Het was een plek die nog het meest leek op een huis dat gebruikt werd om gasten en bezoekers te ontvangen.

Met de rechtervoet stapten ze naar binnen. Ze kusten eerst de rechtermuur, dan de deur, en ten slotte de linkermuur. Nederig schoven ze voet voor voet verder. Maar het gevoel van gelukzaligheid dat Ali verwachtte, werd niet ingelost. Daar lag hij dan naast de tombe, onder een groene deken, terwijl zijn ogen bleven steken op een open raam waardoor de takken van een boom zichtbaar waren. Nahla wreef zijn gezicht en voeten in met olie, terwijl mensen hun uit medeleven eten en drinken gaven. Ze waren uitgeput en kletsnat door de regen en ze ademden zwaar. Het weer had voor hen beslist dat ze tot de ochtend zouden blijven. Nahla, van haar kant, had besloten de terugtocht niet te voet te doen toen ze de voeten van haar zoon zag. Dezelfde voeten waar Ali nu aan dacht. De voeten, de verdwenen hiel en de tenen die ervoor zorgden dat hij zich de klif en het schrijn herinnerde. Diezelfde tenen die hij nu niet kon zien terwijl hij daar lag en boven zijn legerbottine schimmen zag van bloed en stukken vlees die met zijn hiel waren weggevlogen. Toen hij daar in het schrijn was, kon hij de kloven in zijn hiel en de wonden op zijn voetzolen nog aanraken. Hij voelde zich vredig. Toen zijn moeder een stuk groene stof rond zijn borst wikkelde en zijn voorhoofd inwreef met wijolie, las ze Koranverzen voor en prevelde ze een zin die ze keer op keer bleef herhalen: 'Sjeik Bu Ali, het lot van mijn kinderen ligt in uw handen... U behagen is een zegen voor ons... Mijn kinderen... Mijn vlees en bloed, ik heb hen met liefde en zorg omringd en gekoesterd... Ik heb hen grootgebracht met mijn vlees en bloed...' Daarna plooide ze de groene deken open en wikkelde hem rond Ali's lichaam. Hij voelde hoe de warmte in zijn lichaam sijpelde. Stille smeekbeden weergalmden. Het plafond van de koepel was niet hoog. De schone, witgekalkte muren waren bedekt met panelen en er lagen verschillende korans rond de tombe. In tegenstelling tot veel andere schrijnen, lagen de rechtschapen heiligen hier niet begraven, maar hun beeltenissen waren eerbetuigingen aan hen. Enkel die ene uitzonderlijke heilige van God – wiens geheim heiligverklaard was, zoals zijn sjeik altijd zei – lag hier begraven. Hij ging tegen de tombe aan liggen en huiverde, maar hij was niet bang om naast een graf te slapen, dat met marmer gerestaureerd was. Hij moest aan het schrijn in hun dorp denken, dat gebouwd was met cement, en dat hij graag het schrijn van de wind noemde, omdat het op de top van een berg was opgetrokken, daar waar de wind huist. De rechtermuur van dat schrijn stond tegen de stam van een eik, waarvan de dorpelingen zeiden dat hij meer dan vijfhonderd jaar oud was. Zijn takken omhelsden het schrijn als waren ze een open hand. Enkele bedekten de koepel, terwijl andere de hoogte in groeiden. Dat waren de takken waar hij graag in klom om van daaruit naar de toppen van de bergen te kijken. Zijn moeder zei vaak dat ze vlak onder het Huis van God woonden! Hierdoor voelde hij zich bevoorrecht, alsof hij een geheim had dat alleen van hem was. Zijn schrijn, het kleine, schone en witgekalkte schrijn van de wind, waarin een bescheiden tombe stond die met een enkel stuk groene stof bedekt was en waarop aarden potten voor olie en wierook stonden. In de afgelopen jaren had Abu Al-Zayn een groot paneel gebracht waarop hun heiligen afgebeeld waren, samen met een foto van de vader-president. Een groot paneel in het midden van de muur van het schrijn, ongeveer een meter lang en breed, waarop de gezichten van mannen afgebeeld stonden. Elk gelaat werd van het andere gescheiden door een witte aureool. Zolang hij zich kon herinneren bracht het paneel hem van de wijs. Toen hij vijf was, had men gezegd dat die mannen de rechtschapen heiligen waren. Vanaf dat moment probeerde hij gelijkenissen tussen deze heiligen te vinden, wanneer hij naar het paneel keek. Hij begreep niet waarom de vader-president anders was en geen tulband of agaal droeg zoals de rest?! Waarom was hij überhaupt samen met hen afgebeeld?! En waarom op deze manier? Met zijn handen tegen zijn oren?! Hij was echt aan het bidden! Voor een van deze heiligen koesterde Ali diepe liefde. Hij staarde hem vaak aan. Van alle heiligen was hij Ali's favoriet, want er ging een heilige gloed uit van zijn gezicht dat als het ware oplichtte in verschillende kleuren. Daarom had hij een speciale plek in Ali's hart, hoewel de kleuren enkel schakeringen van wit en zwart waren. Er stonden negenendertig sjeiks, geestelijken, en heiligen op het paneel. De foto van de president hing op de voorlaatste rij, en de beeltenis van zijn favoriete heilige op de eerste rij. Telkens hij het schrijn binnenging, keek Ali naar hem en sprak hij hem aan. Hij geloofde dat hij de meest waardige onder de heiligen was. Ofschoon de kleuren van zijn beeltenis overwegend wit waren, was hij door hem gefascineerd. Hij was betoverd door zijn gelaatstrekken, zijn dikke witte baard, zijn slanke gezicht en zijn ingevallen wangen die hem een droevig en ingetogen uitzicht gaven! Hij was zes toen hij een geheim liefdesverbond smeedde tussen hemzelf en het gezicht van die heilige. Hij had zijn moeder eens gevraagd of hun heiligen presidenten waren zoals hun president, of dat hun president heilig was zoals hun heiligen?! Waren ze allemaal presidenten? Zijn moeder antwoordde niet. Ze keek hem aan, wendde daarna haar blik af en zei: 'Kijk eens aan! Je hebt dan toch een tong en kunt spreken! Sta op en maak dat je weg komt.'

Na dat voorval had hij geen verdere vragen meer gesteld, daar was hij te jong voor, en hij staarde niet meer naar het paneel. Het kon hem niet meer schelen dat de foto van de president tussen de heiligen hing. Het beeld van zijn heilige had hij in zijn hart gesloten, en hij keek er naar als hij alleen was. Dan riep hij het beeld in zich op terwijl hij behendig en snel van de ene rots naar de andere sprong. De mensen noemden hem de berggeit. Dat amuseerde hem en bijgevolg sprong hij nog behendiger tussen de rotsen om hun spot te tarten. Hij was niet beledigd als ze hem honend een geit noemden. Als hij zich ooit in zijn leven vernederd had gevoeld, dan was het wel in dat marmeren schrijn geweest, terwijl hij daar, gewikkeld in die gezegende groene deken, uitgeput en gewond lag te sluimeren. Zijn moeder zag in die vernedering een soort van verlossing en dacht dat God hiermee Zijn vergenoegdheid over Ali en haar gelofte uitte. Ze begon zijn voeten, die nat waren van het bloed en de olie, met haar jurk af te vegen. Hij herinnerde zich dat ze over zijn hiel wreef, nu zelfs kon hij die aanraking nog voelen. Vol verbazing vroeg hij zich af hoe al die jaren konden verstrijken zonder dat hij zich deze momenten had herinnerd en waarom hij ze zich nu voor de geest haalde en herbeleefde nu zijn hiel van zijn voet afgekapt was. Ze zalfde zijn voeten met olie en wekte hem uit zijn gesluimer waardoor hij opnieuw pijnscheuten voelde. De wonden van de stok van granaatappelhout ontsierden nog steeds zijn voetzolen, en door de hele dag blootsvoets in de regen te wandelen waren zijn wonden weer opengereten. Op dat moment nam Nahla zijn hoofd vast, smeerde er olie op en prevelde: 'Sjeik Bu Ali, het lot van mijn kinderen ligt in uw handen... U behagen is een zegen voor ons… Mijn kinderen… Mijn vlees en bloed, ik heb hen met liefde en zorg omringd en gekoesterd… Ik heb hen grootgebracht met mijn vlees en bloed...' Daarna kuste en likte ze zijn tenen en begon ze te huilen. Later zou hij zich herinneren dat ook zij met diezelfde stok geslagen werd, en dat ze af en toe snikkend naar de andere kamer wegvluchtte. Nahla kon niet lezen of schrijven, en zijn vader kon nauwelijks de ene letter van de andere onderscheiden. Hij schreeuwde dat zij zijn kinderen moest onderwijzen, maar ranselde haar af toen hij ontdekte dat ze daar niet toe in staat was, want hij, de boze vader, was vergeten dat ze niet kon lezen of schrijven. Of hij sloeg haar om redenen die Ali goed genoeg begreep: wanneer ze verhinderde dat hij boven op haar ging liggen terwijl de kinderen naast haar lagen te slapen. Want dan zou haar buik weer opzwellen, en zou ze weer een brok vlees baren die haar hart eerst zou laten afzien om het daarna te breken, zoals Ali en zijn broers deden. Ze zei altijd dat haar liefde voor haar kinderen haar dood werd, en alleen daarom hield Ali haar niet tegen toen ze zijn tenen kuste en likte!

Ali ervaarde deze scène, die niemand anders als een belediging zou beschouwen, als een vernedering. Dat was een gevoel dat hij nooit eerder had beproefd. Hij besefte dus niet dat hij zich vernederd voelde, in de letterlijke zin van het woord. Voor hem leek het eerder dat iemand tegen zijn nek trapte! Dit is hoe hij het voorval voor zichzelf beschreef. Hij rolde zich op, omhelsde de tombe en wilde dat zijn moeder zou stoppen met huilen en zijn wonden likken. De vernedering nestelde zich diep in zijn hart toen hij een man hoorde zeggen: 'Sta op en maak dat je wegkomt, zottin! Zet dat mens buiten! Lieve God, laat ons ons verstand en geloof behouden.' Die man, die Ali vanuit zijn ooghoeken kon zien, hield een misbaha, een gebedskrans, in zijn hand. Hij was een geestelijke, maar hij was niet de sjeik van het schrijn. Hij was een van de nieuwe sjeiks die de laatste decennia op het toneel waren verschenen. De sjeik van het schrijn die later kwam, zag er vriendelijk uit, zoals zijn moeder zich later zou herinneren.

Het incident verliep als volgt: Nahla hield de koran in haar hand, kuste de voeten van haar zoon en vroeg hem om uit de koran voor te lezen. De man met de lange misbaha keek naar hen en terwijl hij de koran uit haar hand rukte, schreeuwde hij: 'Dit vrouwmens is onzedig. Zet haar buiten, gooi haar eruit!' Maar niemand voerde effectief uit wat hij zei. Ze waren immers op een heilige plaats, en de zwakken en de armen hebben het recht om zich daar op te frissen. Maar een vrouw met bloed op haar jurk zou de toegang ontzegd moeten worden. Dat bloed was het bloed van Ali dat op haar jurk was gespat, maar de sjeik dacht dat het menstruatiebloed was. Ali begreep niet wat er gebeurde, maar hij walgde van zichzelf en zijn moeder, en dus rolde hij zich op en sloot zijn ogen. Hij was uitgeput van vermoeidheid en een lichte koorts liet zijn zwakke lichaam gloeien. Opnieuw weerklonk de stem van de sjeik die Nahla luidkeels beval het schrijn te verlaten. Ali hoorde de stortbuien en de stem van de boze sjeik, en rolde zich op. Voor de mensen die in het schrijn waren, was hij een jongen van twaalf, die daarheen was gebracht door een vrouw die eruitzag als een dakloze, om hem te genezen van een of andere mentale stoornis. Toen ze aankwamen, had ze tegen de mensen die rond de tombe zaten gezegd dat haar zoon niet was zoals alle andere kinderen. Dat hij met zijn hoofd in de wolken leefde, dat hij dacht dat hij een boom was en dat men hem daarom voor een krankzinnige hield. Maar dat zij wist dat haar zoon niet krankzinnig was en dat hij alleen maar de zegen van de rechtschapen heiligen nodig had. De omstanders hielpen haar. Een vrouw huilde met haar mee, terwijl ze zelf Koranverzen mompelde en stenen van het schrijn op haar gezwollen buik legde waarmee ze daarna zachtjes over haar buik wreef. Een andere vrouw nam haar in haar armen en gaf haar schouderklopjes. Ze lieten Nahla doen wat ze wou, want God staat ook Zijn arme kinderen bij. Op dat moment, terwijl de horde bezoekers het schrijn verlieten, had de man die zin uitgesproken. Nee, hij had hem geschreeuwd. Ali was net ingedommeld. Zijn moeder stak haar hand uit, greep de hand van de sjeik en overhandigde hem toen een koran, en draaide zuchtend haar rug naar de tombe. Ali was ondertussen wakker geworden en wierp een voor zijn moeder welbekende blik op de sjeik. Hij sprong overeind en sloeg hem met één slag neer. De sjeik viel op de grond. De sjeik was in shock en het duurde enkele seconden voor hij besefte wat er was gebeurd. Maar in die luttele seconden was Ali al op zijn borst gesprongen. Hij gaf hem klap na klap totdat de mannen hem van de sjeik trokken. Ze sleepten hem naar buiten terwijl de menigte verstomd toekeek en Ali maar naar zijn tenen bleef staren, zonder zich van de omstanders iets aan te trekken.

Er was iets met hem en zijn tenen!

Hij moest op blote voeten het schrijn binnengaan. Urenlang bleef hij daar zitten, benen gestrekt, rug tegen de tombe, kijkend naar zijn tenen die hij spelenderwijs bewoog en die bevroren waren door de koude. Hij begroef zijn tenen in de grond van het schrijn, en een gevoel van lichtheid en lichtzinnigheid dat je maar zelden voelt overviel hem. Dit gevoel voerde hem mee op een lichte wind, naakt, alsof hij een van zijn wolken was. Op die momenten waarop hij zweefde zoals zijn wolken deden, smaakte het leven teder en zoet. De Rosse zei tegen hem dat alle schrijnen tegen boomstammen rusten, en dat hij daarom het gevoel heeft te zweven als hij er binnengaat. De schrijnen zijn gezegend omdat ze bewaakt worden door heilige bomen die nog steeds zijn zoals ze honderden jaren geleden waren. Ali had geen oren naar wat de Rosse zei. Hij was zoals alle anderen; hij zag haar graag, maar toch luisterde hij niet naar haar ellenlange prietpraat. Afgezien van dat het feit dat hij dacht dat zijn tenen in wortels of takken veranderden zodra hij het schrijn betrad, vond hij dat die lichtheid en tederheid leken op het gevoel dat hem overviel wanneer hij in de bomen klom en over de rotsen en kliffen sprong. Hij had zelfs ooit gedacht dat zijn tenen aan de takken zouden blijven kleven en ermee zouden versmelten. Meermaals had hij geprobeerd om op een tak te gaan staan en zijn armen te spreiden als vleugels, terwijl hij zijn lichaam probeerde recht te houden met zijn tenen, zoals de klauwen van een valk. Wanneer de mensen van het dorp het schrijn bezochten, zagen ze hoe hij als een vogel op de takken van de bomen hopte zonder te vallen, en hoe hij zijn benen om de takken plooide, op zijn kop ging hangen als een vleermuis en heen en weer wiegde. Hij vertoefde in diezelfde staat van licht en lichtzinnigheid toen ze hem van het lichaam van de sjeik met de gebedskrans trokken. Zijn moeder keek hem vol angst aan, bang dat ze naar buiten gesmeten zou worden in de bitterkoude nacht. Hij kon zich nog levendig herinneren hoe hij zijn tenen in de grond van het schrijn begroef. Hij was niet boos of voelde geen woede, hij ademde alleen maar moeilijk, keek naar zijn moeder, stak zijn handen uit en streelde toen liefdevol haar haar. Zijn gelaat was bedaard. De sjeik die verantwoordelijk was voor het schrijn arriveerde en nam de jongen bij de hand. Hij streelde over zijn hoofd, waarop Ali en zijn moeder opstonden, maar Ali kon niet overeind blijven staan, dus droeg de sjeik van het schrijn hem en zei tegen Nahla dat zij hem moest volgen. Zij en haar zoon zouden de nacht bij hem thuis doorbrengen. Hij keek naar de tenen van de jongen die ademde alsof hij aan het stikken was. Daarna keek hij aandachtig naar de rust in zijn zelfverzekerde blik, en reciteerde hij Koranverzen voor hem. Hij wees niemand terecht, en ging met dezelfde waardigheid naar buiten als waarmee hij naar binnen was gegaan. Met schroom staarde Ali naar zijn gezicht. Hij vond dat zijn gezicht leek op het gezicht van zijn favoriete heilige op het paneel met de heiligen dat in het schrijn van de wind hing, het schrijn van zijn dorp. Zijn gezicht had dezelfde kenmerken: dezelfde bleekheid en slankheid, dezelfde baard en dezelfde intense rust in de ogen! Ali was zo onder de indruk dat hij de pijn in zijn voeten en tenen vergat. Hij liet zijn hoofd rusten op de schouder van de sjeik, zonder zich nog te schamen voor zijn tenen.

Hij schaamde zich voor zijn tenen en hij deed zijn uiterste best om ze te verbergen. Ze groeiden uit elkaar zoals takken van een boom zich in verschillende grootten vertakken, de ene kort en de andere lang. De tenen van zijn rechtervoet hadden bovendien niet dezelfde lengte als die van zijn linkervoet en zijn dikke teen was de kleinste van allemaal! Terwijl hij nu naar de tip van zijn bottine keek om te zien of zijn tenen door de explosie mee de lucht in gevlogen waren, zag hij zijn ontbrekende hiel, en herinnerde hij zich de tenen waarnaar de sjeik staarde toen hij hem droeg. Hij bewoog zijn rechtervoet, zette zijn bovenlichaam recht, spreidde zijn benen, en strekte langzaam zijn hand uit. Hij voelde hoe zijn ribben braken, dus bewoog hij nog langzamer in een poging de laatste klomp zand, bladeren en takken van zijn knieën te schudden. Hij zag zijn bottine helemaal intact. Ook zijn tenen zaten er nog steeds in. Door modderspatten en stof was de bottine die aanvankelijk zwart was helemaal wit geworden. Met zijn elleboog sleepte hij zijn lichaam naar voren. Hij ving een glimp op van de aders waaruit het bloed maar bleef stromen en zo een plas vormde onder zijn hiel. Hij vermoedde dat hij nog op een andere plaats geraakt was, en een andere wond had die hij niet voelde. Hij moest ze alleen kunnen zien om er zeker van te zijn.

10

Dromen die men kan beschrijven als lichtstralen die gebroken worden door de beweging van bladeren, waren voor Ali iets doodnormaals. Anderen noemden het een huis, of de plek waar men gerustgesteld de ogen kan sluiten. In vroegere tijden waren de mensen het zo snel oneens met elkaar over hoe dit te noemen dat de discussie al snel oplaaide. Ali zocht de onenigheid niet op. Hij wilde niet met de anderen discussiëren of ruzie maken over wat ze daarmee bedoelden, wat ze daaronder begrepen en wat ze daarover zeiden. In stilte ondergedompeld luisterde hij naar hen die enkele keren dat hij het aangenaam vond om bij hen te zijn.

Ali's thuis was zijn hut. Als hij het woord thuis in de mond nam, was het om naar zijn hut te verwijzen. Zijn thuis, dat hij had gebouwd met zijn geliefkoosde natuurelementen. De takken van de bomen, het bouwmateriaal, noemde hij zijn vrienden. De vloer bestond uit de takken van een eik die horizontaal groeiden, niet naar boven zoals de takken van de eik van het schrijn, ze leken eerder op een open hand en groeiden dicht boven de grond. Als Ali een boom moest beschrijven, zou hij zijn hand tonen en zijn vingers bewegen om de vormen van de bomen weer te geven. Onder die boom, waarin hij zijn hut had gemaakt, hadden mannen gelopen die tegen de Turken en de Fransen hadden gevochten, zoals de mensen in het dorp altijd zeiden. Er hadden eens drie strijders, die op de vlucht waren voor de Franse soldaten, in de boom geslapen, in de ruimte die gevormd werd door de takken. Een eeuw geleden was er dicht bij de stam van de boom het lichaam van een baby gevonden. En meer dan een halve eeuw geleden hielden belangrijke mannen hun bijeenkomsten onder de takken van die boom. Ze kwamen uit Damascus, Hama en Aleppo om over de toekomst van het land te praten... Dat waren allemaal verhalen en geruchten die hem niet boeiden. Wat voor hem belangrijk was toen hij zijn hut begon te bouwen, was dat hij eraan werkte met de energie van honderd man, terwijl hij luisterde naar zijn hart dat oorverdovend bonsde. Dagenlang verzamelde hij takken en twijgen. Na het incident met het schrijn had zijn familie de hoop wat betreft hem opgegeven en dus lieten ze hem ongestoord doen wat hij wilde. Zijn vader kondigde op een dag aan dat hij zich moest voorbereiden om met hem te gaan werken op de velden bij de zee. Dat vond hij niet erg, en in tegenstelling tot wat andere kinderen zouden doen, begon hij lange tochten tussen de bossen en struiken te plannen. Daarna stelde hij een werkschema op. Ten eerste zou hij een touwladder maken om de stam van de boom niet te verwonden. Ten tweede zou hij drie muren maken van takken. De vierde muur zou hij immers open laten om een uitzicht te hebben over de bergtoppen en de zee.

De mensen zagen hem langs paden en kliffen stijgen en dalen, in de bossen en struiken verdwijnen, en er weer uit tevoorschijn komen met bundels takken. Het leek alsof ze een man zagen die in een enkele nacht twintig jaar ouder was geworden. Hij snoeide de takken niet om ze in gladde stokken te veranderen, om een rechte en ordelijke muur te vormen. Hij liet de bladeren aan de takken, en vlocht de dunne takken door de dikke, de middelgrote door de grote. Zo strengelde hij de takken en de bladeren dooreen als een gewoven mat. Zijn eerste werk, het verzamelen van takken, duurde een hele dag. Toen hij terugkeerde, was zijn gezicht gehavend door wonden en schrammen. Daarna kampeerde hij twee dagen onder de eik, vlocht de takken samen, bond ze vast en spande ze aan met henneptouwen die hij her en der in huis had gevonden. Men gebruikte ze vroeger, in de tijd dat ze nog inheemse tabak teelden. Dan prikten ze de tabaksbladeren door met een scherpe paknaald en hingen ze de bladeren in hun huis te drogen. Nu moest hij de paknaald wetten met stenen zo scherp als messen omdat ze door de roest was aangetast. Hij stak de touwen door het lange, ovale oog van de naald en begon de takken tussen de bomen te verweven net zoals hij zijn moeder hun plastic matten had zien weven met haar paknaalden.

Toen hij klaar was met de eerste muur, moest hij hem goed verstevigen. Hij gebruikte touwen die hij uit het schrijn had meegebracht, en bond daarmee de uiteinden van de muren vast aan de takken van de boom. Hij maakte de vloer van zijn hut schoon. Die bestond uit gladde en zachte takken, in niets gelijkend op de ruwe bast van de stam. Alleen op nachten dat het sneeuwde zou hij een lichte deken nodig hebben. Hij zou zijn dekbed kunnen nemen, maar dat deelde hij met zijn jongere broer. Dat was een probleem, want het had heel wat voeten in de aarde om bij hen thuis wat nieuws te kopen. Je moest een plan bedenken dat slechts op lange termijn uitvoerbaar was. Hij zou later wel over dat probleem nadenken en ging tevreden in de schoot van de boom liggen. De volgende ochtend werd hij wakker met zijn vingers vol gaten. Nahla keek hem vol medelijden aan terwijl hij maar bleef doorwerken. Ze merkte hoe er lichte pluisjes op zijn lip groeiden. Nahla begon aan een naaiwerk met een hoop gezegende groene stof die ze van het schrijn had meegenomen. Ze gebruikte ook oude kleren die men in het schrijn aan de behoeftigen gaf. Ze knipte alles in stukken, paste de stukken in elkaar en naaide ze samen tot een patchwerk. Ali kon haar vanuit zijn ooghoek zien, terwijl ze draden van witte dekens gebruikte om de stukken stof van verschillende kleuren en materialen aan elkaar te naaien. Linnen, wol, katoen, stukken van een oude jeans, ze gebruikte het allemaal om er vormen van verschillende groottes mee te maken: vierkanten, driehoeken, cirkels, bloemen en boomblaadjes. Ze wachtte tot hij klaar was met zijn werk en de bossen introk om zelf in de boom te klimmen en te meten hoeveel ze nodig had. Daarna ging ze verder met het aan elkaar naaien van die stukken stof op haar unieke manier. Met elke steek ging ze namelijk staan en weer zitten. Voor de anderen was dat een grappig schouwspel, alsof ze op en neer danste, maar zij schonk geen aandacht aan hoe de vader de spot met haar dreef. En op de vierde dag verbaasde ze iedereen, want zodra Ali uit zijn hut kwam, klom zij naar boven met een kussen en haar naaiwerk: een dikke deken, die een meesterwerk was geworden. Daar was iedereen het over eens. Haar jongste zoon, die volgens Nahla de slimste van allemaal was, zei haar dat ze een kunstwerk had gemaakt! Voor haar volstond dit om het zelf te geloven. Toen de kleine broer in de hut klom, was hij verbaasd over de precisie waarmee de deken gemaakt was en hoe mooi hij was. En ondanks het feit dat haar jongste haar grootste trots in het leven was, schreeuwde ze toch tegen hem dat hij uit de boom moest komen, voordat Ali terugkwam. Hij raasde maar door dat de boom niet van Ali alleen was, maar zij antwoordde hem dat hij wel genoeg had aan zijn school en dat iedereen zijn eigen wereld heeft. Ali zei geen woord toen hij de deken zag, maar hij had geweten dat Nahla iets voor hem aan het fabriceren was sinds het moment dat hij haar ononderbroken had zien zitten werken. Hij wist het toen hij zag hoe ze op acrobatische wijze haar handen bewoog en de naald met witte draad door de stukken stof stak, terwijl er voor haar een stapel versleten kleding lag die ze had gewassen, en tussen de takken van de bomen te drogen had gehangen. De volgende avond vroeg hij haar om naar boven te komen en vanuit zijn hut naar de lucht te komen kijken. Zij was de enige die dat mocht doen, en toen ze met hem naar boven ging en naast hem ging zitten, huilde ze niet zoals gewoonlijk. Ze glimlachte zwakjes en bleef naar de zonsondergang kijken, zonder een woord uit te brengen. Toen ze vertrok, besloot ze dat de tijd rijp was om met de sjeik over Ali te praten. Ze zou Ali op het hart drukken dat hij klaar was om zich in zijn godsdienst te verdiepen zodat hij in de jaren die volgden het schrijn zou kunnen dienen. Na haar gelofte en hun laatste bezoek aan het afgelegen schrijn, had Ali haar gevraagd dat te doen. Hij had besloten om hetzelfde pad te volgen als de man op de foto, zijn favoriete heilige met zijn bezorgde gelaat!

Als Ali in zijn hut lag, vond hij het fijn om zijn ogen, die baadden in het licht, te sluiten. Hij leek niet die lyrische gevoelens te hebben die men zich zou voorstellen bij een jongen die gekweld wordt door zijn relatie met de natuur. Hij was zich van dat alles niet bewust. Zijn huid was daar te dik voor en zijn ziel leek op de rotsen van zijn berg. Maar hij kon wel gewoon zijn ogen sluiten, terwijl hij speelde met het licht dat her en der tussen de takken en de bomen binnensijpelde en zo sprongetjes maakte. Dan bewoog hij zijn hoofd en volgde het licht als een hond die een bot vangt, terwijl hij maar bleef lachen. Als Nahla hem zo hoorde lachen, huilde ze om haar eigenaardige zoon, want geen enkele mens die volledig bij zijn verstand is speelt met het licht! Ali begreep niet waarom ze zo van streek was dat hij met het licht en de beweging van de wind tussen de takken speelde. Ze dwong hem een amulet op zijn hart te dragen, dat ze hem om de hals bond met henneptouw. Haar amulet bestond uit een bundeltje kleine papiertjes waarop in blauwe inkt iets stond geschreven wat ze niet begreep en was in een stukje groen stof gewikkeld dat gezegend was in het schrijn. Hij opende zijn ogen wijd en stelde zich voor dat de bomen op de bergen renden als een kudde geiten, die op de toppen klommen. Hij zag hoe hun wortels zich uit de aarde trokken en rotsen met gigantische wortels achter zich aan sleepten, die in tenen zoals de zijnen veranderden. Ze wandelden en renden, terwijl hij in zijn boom bleef zitten die met de kudde bomen meewandelde. Hij vertelde niemand over zijn geheim; dat hij een leger van bomen leidde dat holde en rende en naar de hemel klom. Hij zag de bomen alsof hij op een wolk zat. Hij zag ze rennen... Ze renden met hun enorme losgewrikte stammen en hun zilvergroene en turquoise lichtgevende kleuren. Die enorme kuddes van bomen keken niet achterom, ze klommen en klommen, maar bereikten de top van de bergen niet. Wat ze ook probeerden, ze konden de hemel niet bereiken.

Nu hij zich dichter bij de boom bevond, en de zon de top van de berg aan de overkant raakte en in de zee zakte, kon hij de stam duidelijk zien. Bijgevolg herinnerde hij zich zijn glimlach toen hij boven in zijn hut zat en zich dat leger bomen inbeeldde. Hoewel zijn zicht nu alsmaar zwakker werd, herinnerde hij zich dat er een plek was waar hij kon gaan liggen, een plek die op zijn hut leek. Er was daar een boom die naar boven toe groeide. Qua soort leek hij niet helemaal op zijn eik, en hij was zeker jonger. Hij kon de leeftijd, geschiedenis en de soort van bomen inschatten. Maar waar kwam deze kennis vandaan?! De mensen van het dorp zeiden dat de Rosse hem haar geheimen had prijsgegeven. Maar afgezien van die geruchten, raakte hij met zijn hand alles aan wat hij in het bos en het struikgewas zag. Hij raakte het aan, klemde zich eraan vast en groeide ermee op. Over de beweging van de planten en de bomen in het bos wist hij wat verder alleen wilde dieren weten.

Nu probeerde hij te kruipen, steunend op zijn ellebogen. Hij staarde naar de grond onder hem en verlangde naar zijn hut. Hij herinnerde zich hoe Nahla naar de hut was geklommen in de nacht dat ze zijn oudere broer hadden begraven, en hoe hij onder aan de stam was blijven staan om haar bewaken. Hij zag haar zitten zonder dat ze met haar rug ergens tegen leunde. Ze had haar knieën tegen haar borst opgetrokken en haar armen eromheen geslagen. Ze zat er opgekruld als een egel. Hij dommelde even in en werd dan weer wakker om haar verder te observeren en een glimp van haar rug op te vangen. Hij stond onder aan de boomstam, als aan de grond genageld, durfde niet te bewegen, en bleef uit zijn droge ogen staren tot hij weer indommelde. 's Morgens maakte ze hem met een aanraking wakker en ging daarna het huis binnen. Hij klom naar zijn hut en bleef naar de hemel kijken. Zijn geliefde deken lag er geplooid, net zoals hij hem de avond tevoren had achtergelaten. Hij had het koud en dacht aan Nahla, die de hele nacht was opgebleven en daar had gezeten zonder deken. Nu ook dacht hij aan haar. Moeizaam probeerde hij, steunend op zijn ellebogen, te kruipen. Voor zijn ogen waaiden de takken, die ineengestrengeld waren en samen met hun gelobde bladeren een dak vormden. Hij zou kunnen proberen zijn legerbottine uit te trekken en zijn wond, die niet gewoon maar een wond was, kunnen proberen te verbinden. Maar dat wist hij niet, en hij zou het niet te weten komen. Het was misschien voor zijn eigen bestwil dat hij niet rechtop kon gaan zitten en zijn schoenen niet uit kon doen. Hij begroef zijn gezicht in de grond, zuchtte luid, slikte aarde in en spuugde het weer uit. Hij moest aan de hyena's van het bos denken, wiens gelach hij goed had leren kennen door in zijn hut te zitten en hen te observeren. Hij stapelde dan wat brandhout op en stak het aan om hen te verdrijven. Nu hij daar lag te malen dat hij zou gaan sterven, zag hij Nahla in de hut klimmen en er alleen de koude nacht doorbrengen, zoals ze deed toen haar eerste zoon werd begraven. Op het moment dat hij zich de kromming van haar rug voor de geest haalde, overviel hem een vreemde kracht. Ze was zo mager dat haar rug een gebogen gewelf leek, net een halve cirkel. Hij herinnerde zich dat ze een zwart wollen vest droeg, en dat ze een witte sjaal om haar hoofd gewikkeld had die ook haar gezicht bedekte. Hij wist dat ze groeven in haar wangen had en dat ze stotterde als ze praatte, uit schaamte voor haar tanden die ze gebroken had toen ze in de klif was gevallen. De bomen hadden toen haar leven gered want de takken hadden haar ervoor behoed niet in de afgrond van de vallei te vallen. Hij herinnerde zich die tanden, en hoe ze klappertandde wanneer ze boos was. Zijn ogen draaiden rond en hij zag de gewoven takken van zijn hut rond zijn hoofd bewegen, zoals hij ze nog nooit eerder had gezien. Ze waren zo mooi, en hij was opgetogen en trots omdat hij zo'n goed werk had geleverd. Hun buurman had zelfs gezegd dat het vakkundig was gemaakt, en dat hij een kunstenaar was. Hij herinnerde zich dat hij stiekem had gelachen maar verder geen aandacht had geschonken aan het compliment van zijn buurman. Hij zag zichzelf als die jongen van toen, dezelfde jongen die ook nu tolde met de takken. Hij zag ook de deken vliegen en dansen met de wind, en dacht vol trots aan zijn moeder die gouden vingers had, zoals buurvrouwen zeiden. Hij stak zijn hand uit om de deken te grijpen, maar hij graaide in de leegte. Hij draaide zich op zijn buik waardoor zijn rug aan de lucht blootgesteld werd en slaakte een gesmoorde kreet, want plots voelde hij dat hij ook pijn had aan zijn linkeroor. Hij besefte dat hij ook daar geraakt was. Maar het beeld van zijn hut en boom was plots zo dichtbij en duidelijk dat hij niet meer twijfelde. Hij zette zichzelf af en met die beweging die hem naar voren duwde, verscheen het silhouet van de hut volledig, precies zoals hij haar jaren gekend had, versierd met planten en tinnen potten waarin Nahla basilicum en tijm kweekte. Hij zag ook de bungelende henneptouwen die hij had vastgemaakt aan de als mat in elkaar gewoven takken. In de touwen hingen stenen in vreemde vormen die hij in het bos had verzameld. Ze bungelden en zwaaiden heen en weer en maakten muziekgeluidjes als ze door de wind tegen elkaar botsten. Voor hij zijn ogen sloot, zag hij opnieuw de gebogen en rillende rug van Nahla. Op dat moment besefte hij dat het op en neer gaan van haar ruggengraat kwam door het feit dat ze geruisloos naar adem snakte. Door het hijgen bewoog haar rug, die zo langzaam en lichtjes de muur van de hut raakte. En elke keer dat haar rug de muur raakte, kraakten de droge bladeren net zoals de bladeren nu deden terwijl hij probeerde te bewegen.

11

Nahla's gebogen rug was het laatste wat hij zich herinnerde voordat hij het bewustzijn verloor. De oranjegekleurde lucht begon te verdwijnen, en de boom leek niet meer dan een zwarte schim. Hij had maar enkele duwtjes nodig om zijn stam aan te raken. Hij moest erin klimmen voordat de nacht, wiens duisternis hij zo goed kende, zou vallen. Het maanlicht zou hem niet in de steek laten en zou hem helpen de schaduwen van de dingen te zien. De maan was er nog niet, hij zag haar niet, maar ze was er, ergens. Op deze dag van de maand zou de volle maan voor hem schijnen!

Hij hief zijn hoofd op en speurde naar die ander. Zijn kompaan? Zijn vijand? Hij was zo dicht bij hem dat zijn silhouet duidelijk was. Het was het hoofd van een man, en hij kon de angst van deze man ruiken. Hij was bang voor Ali!

Waar haalde hij zijn kracht vandaan? Hoe kon hij eerst zo aan het kreunen zijn en nu terug tot leven zijn gewekt?

Hij zag Nahla!

Ze stond hier onder de boom, voorovergebogen, en strekte haar hand uit naar de deken die ze met het licht van haar ogen had gemaakt.

In de nacht nadat haar zoon begraven was, bleef Nahla roerloos zitten. Ze huilde zonder tranen, ademde langzaam terwijl haar ogen bedekt waren door de sjaal. Sindsdien had ze niet meer gehuild. Ze werd ook niet meer boos. Ali wist dingen over haar die ze niet eens over zichzelf wist. Ze vertelde hem veel, zoals de Rosse ook deed. Nahla was getrouwd toen ze twintig was. Ooit was ze een middelmatig mooi meisje geweest, de zevende in rij van tien kinderen. Ze kwamen uit de bergen om op de velden beneden te werken, nadat haar vader was gestopt met het verbouwen van tabak. Haar broers en zussen trokken alle richtingen uit. De helft van de dorpsbewoners migreerde naar verschillende steden. Velen van hen woonden in de buitenwijken van Damascus of verhuisden naar Libanon om daar te werken. Degenen die achterbleven, werkten als arbeiders in dorpen dicht bij de zee, waar men nieuwe soorten tabak teelde op de velden, ter vervanging van de inheemse tabak die in de bergen verbouwd werd.

Nahla ging naar de vlaktes om op de nieuwe tabaksvelden te werken waar Virginia en Burley geteeld werden. Ze vertrokken bij zonsopgang en keerden terug bij zonsondergang. Nahla, met haar magere lichaam en haar tere gestel, was niet voorbestemd om de liefde te kennen. Toen een man die vijftien jaar ouder was dan zij naar haar kwam, was ze dan ook overweldigd door geluk. Net als zij werkte hij als arbeider op de velden en hij wou met haar trouwen. Ze dacht dat dit het einde was van haar ellendige leven, maar toen ze met hem trouwde ontdekte ze dat hij straatarm was. Ze schonk hem zes kinderen, van wie er een stierf enkele maanden na zijn geboorte. God was degene die haar al Zijn geschenken had gegeven: haar kinderen. Ze zou het nooit durven om zich te beklagen over de geschenken van God. Haar man, die werkte als een paard zoals zij altijd zei, zei minachtend dat als hij niet met haar was getrouwd, zij als meid zou hebben gewerkt bij andere mensen. Ironisch antwoordde ze door haar lippen op elkaar te persen, haar hoofd voorover te buigen en van hem weg te kijken. Het enige dat veranderd was in haar leven, was dat haar buik regelmatig opzwol en dat ze daarna moest zorgen voor de hompen vlees die in huis rondliepen, terwijl ze bleef herhalen: 'God is een genereuze schenker.' De hompen vlees die ze, zoals ze altijd zei, had grootgebracht met haar eigen vlees en bloed, waren haar verborgen vreugde. Ze geloofde dat ze tegenspoed zou kennen en zwarte sneeuw zou zien als ze zou laten blijken hoe gelukkig ze was door haar kinderen te zien opgroeien. Ze dacht dat alles goed ging; haar oudste zoon had zijn diploma van de middelbare school behaald met goede cijfers. Ze hadden het geld niet om hem naar de universiteit te sturen, maar zijn vrijwillige toetreding tot het leger maakte haar trots, want haar zoon zou in de hoofdstad gaan wonen, en het leven zien zoals zij dat nooit had gekund. Haar middelste zoon was Ali en ofschoon hij vreemd was, dacht ze dat hij een vrome geestelijke zou worden. Dit stelde haar zo tevreden dat ze hem bijna als een heilige behandelde. Haar jongste zoon tenslotte was haar levensvreugde! Hij zou zijn universitaire studie afmaken en zijn broer, die vrijwilliger was in het leger, zou hen helpen die kosten te dragen. Een van haar dochters werd uitgehuwelijkt nog voor ze zeventien was. De andere studeerde nog, en het leek erop dat ze dezelfde weg zou inslaan als haar pientere broer. Nahla wilde dat ze dokter werd zoals enkele meisjes uit het dorp, zodat ze niet hetzelfde miserabele leven als zij zou moeten leiden. Ze zou haar dochter naar haar broer in de hoofdstad sturen om te studeren. Dat had ze al gepland. Het hele leven van haar kinderen had ze in gedachten uitgestippeld. Ze had er vertrouwen in dat ze, ondanks hun armoede, succesvolle kinderen zouden kunnen zijn. En zij was nog steeds sterk. Samen met haar man zou ze op de velden blijven werken. In haar gedachten was het een uitgewerkt plan, hard en schraal, maar voor haar volstond het. Niets anders was nog van betekenis voor haar.

Ze werkte zonder ooit te stoppen. Daarom noemden ze haar het 'werkpaard'. Ze had een uitstekende reputatie. Er werd over haar gezegd dat ze van de ochtend tot de middag haar rug niet rechtte. Ze pakte een schop en begon te werken en de grond te ploegen. Als ze op de tabaksvelden aan het werk was, werkte ze in stilte, zelfs wanneer het tijd was om te eten. De andere arbeiders stopten dan met werken om te eten, maar zij kauwde op een dun stukje brood met wat olie en zout terwijl ze verder ging met het aaneenrijgen van tabaksbladeren, onverschillig voor de vijandige blikken van de arbeiders die zich geneerden omdat ze naar haar keken terwijl zij maar bleef werken. Ze moest zwoegen... en zwoegen. Zo zou ze misschien een beetje geld opzij kunnen zetten voor het geval er eens geen werk zou zijn. Maar dat beetje extra geld had ze nooit gehad. Zij en haar man verdienden amper genoeg om de rommelende magen van de hompen vlees te vullen. Ali herinnerde zich hoe Nahla 's ochtends voor de kinderen naar school vertrokken hun middagmaal klaarmaakte door brood in olie en za'atar te soppen. Daarna maakte ze het hele huis schoon met een strooien bezem die ze zelf gemaakt had. Voor haar was het van essentieel belang dat het huis fris geurde en proper was. Ali kon nog steeds de geur van laurier en wilde tijm, die in hun oude kleren hing, ruiken.

Toen haar kinderen jong waren, had haar man de gewoonte om haar in hun bijzijn te slaan. Toen ze wat ouder waren, sloeg hij haar in het geniep, omdat Ali hem ooit had gebeten toen hij zijn moeder sloeg. Hij beet hem en sloeg hem zelfs! Hoewel hij daarna aan de stam van de boom vastgebonden werd en een pak slaag kreeg met de stok van granaatappelhout, was zijn vader wel voorzichtiger geworden en durfde hij haar niet meer voor zijn ogen te slaan.

Ali herinnerde zich dat Nahla stopte met op de velden te werken na de begrafenis en de nacht in de hut. En dat zijn vader stopte met harken. En zijn zus, die weduwe was, stopte met jammeren en klagen. Hij herinnerde zich hoe het huis zich in stilte hulde, en dat Nahla iets onvoorstelbaars deed. Ze begon de rotsachtige bergwand onder hun huis te beplanten, nadat ze er eerst een klein terras op aangelegd had. Dat was mannenwerk! Ze hamerde op de rotsen, sloeg de stenen stuk met een zwaar pikhouweel en legde een terras aan! Ze dwaalde rond in de steegjes van het dorp op zoek naar tinnen blikken die ze vulde met aarde en zaaide er daarna verschillende soorten planten en bloemen in. Ze rukte wilde planten met hun wortels uit de grond in het bos en verplantte ze in die vreemde potten die ze rondom het hele huis zette. Binnen enkele maanden veranderde hun huis in wat leek op een kwekerij vol met alle mogelijke soorten planten. Hij herinnerde zich dat ze grond bij de buren ging halen en die over het terras uitstrooide. Hij was verrukt toen hij haar grond zag brengen en peterselie, munt, radijsjes, uien en paprika's zag planten. Ze zaaide ook de zaadjes van appels. Die kiemden, en vervolgens plantte ze de scheuten aan beide kanten van hun oprit.

Nahla had nooit het graf van haar zoon bezocht en ze weigerde om met de andere vrouwen uit het dorp mee te gaan om de graven van hun zonen te bezoeken. Ze drongen er bij haar op aan dat te doen, maar stopten daarmee nadat ze hen op een dag buiten had gezet en de mirtetakken die ze bij zich hadden op de grond had gegooid. Ali herinnerde zich niet dat haar stem nog had geklonken na de dood van zijn broer. Ze zou nog één enkele zin tegen zijn vader uitbrengen, toen hij alleen terugkeerde van de velden en haar vertelde dat een patrouille Ali had opgepakt en hem naar het leger had gebracht. Toen zou ze tegen hem schreeuwen: 'Dat God je mag vervloeken! Je had ze allemaal moeten doden voordat ze hem konden meenemen.' Daarna zou ze zich weer in stilzwijgen hullen en ervoor zorgen dat hij haar niet kon slaan. Maar hij zou het lef niet hebben om dat nog eens te doen. Voor de ogen van de anderen deed hij alsof hij de baas was en haar in zijn macht had, maar na de dood van zijn oudste zoon, begon hij aan haar voeten te huilen. Hij smeekte haar om met hem te praten, maar zij bleef stokstijf staan als een stenen beeld, en wendde haar blik van hem af.

Ali herinnerde zich haar nog goed... Nahla, de slanke, springerige vrouw! Plots moest hij denken aan het wit, haar favoriete kleur, van tijdens zijn laatste dagen daar, toen hij aan haar zijde stond en om haar heen bewoog als haar schaduw, en haar hielp terwijl ze het huis wit kalkte. Eerst schuurde ze de muren krachtig op, dan verfde ze ze zowel binnen als buiten, ze beschilderde de potten en blikken met planten en ze witte de kleine stenen die ze aan weerszijden van de weg had gelegd om een pad naar hun huis te maken. Ze wees naar hem met haar hand, praatte tegen hem met haar vingers en mompelde zonder tegen hem te spreken dat al dit wit hen dicht bij de zielen van de rechtschapen heiligen zou brengen en de ziel van haar zoon naar haar zou leiden. Wanneer Ali met haar probeerde te praten, negeerde ze hem en keek ze hem niet aan. Hij dacht aan haar witte vingers en aan zijn vingers, terwijl ze eenstemmig werkten en zijn broers en zussen hen zwijgend aankeken. Stilte was een deel van hun leven geworden, en Ali kon zich de momenten goed herinneren toen zijn moeder de binnenmuren van het huis afwaste, ze opnieuw kalkte enzovoort... Ze deed dit meerdere keren, en niemand durfde haar tegen te houden. Ali dacht aan hoeveel tijd ze onder de takken van zijn boom doorbracht, terwijl ze naar de hemel staarde. Ze had zich ook een nieuwe gewoonte aangemeten; ze was begonnen zijn hut schoon te maken en meer merkwaardige stenen te verzamelen die ze met henneptouwen vastknoopte aan de stokken van de houten wand van de hut. Soms verdween ze in de bergen en kwam ze terug met verschillende planten die ze kookte voor haar kinderen. In de weken voor die dag dat ze Gods toorn over haar man had uitgeroepen omdat

Ali was ingelijfd, had ze zo veel gezaaid dat ze geen groenten meer hoefde te kopen. Ali hielp haar de grond te ploegen en plastic zeilen te knippen om serres van te maken om haar planten tegen de koude te beschermen. Op de velden noemden ze die serres plastic huizen en teelden ze er groenten in. Nahla had tientallen kleine serres gemaakt, en elk plastic huisje vormde een trede in het terras dat ze in de rots had aangelegd. Ze vulde ze met grond en zaaide er allerlei groenten in, tot grote blijdschap van haar man, want door de oorlog was er hongersnood. Van de ene dag op de andere begon haar gestalte te veranderen. Ali zag hoe haar rug anders werd naarmate hij kromde en boog. Hij vond dat ze zelfs ouder leek dan de Rosse van wie hij dacht dat ze zo oud was als de bomen!

Ze stond nu voor hem, hij zag haar duidelijk, ze legde haar handen om zijn middel, haar schort was bevlekt met witte kalk en ze hield een plantenscheutje vast. Hij zag enkel haar bovenlichaam voor zich bewegen, en hij rook de geur van de wilde tijm die ze gebruikte bij het koken. Ze kon kruiden mengen en daar vindingrijke gerechten mee tevoorschijn toveren die zij allen gulzig opsmulden. Op een ochtend zagen ze haar een oven bouwen naast de boom, ze kocht meel met de groenten en planten die ze verkocht, en ze begon hun eigen brood te bakken. Ze had de buitenwereld niet meer nodig! Ali stond niet zomaar naar haar transformaties te kijken zoals zijn broers en zussen deden, hij imiteerde de beweging van haar handen, haar verplaatsingen en alles wat ze deed. Hij deed precies hetzelfde. Hij hoefde niet met haar te praten, en na slechts enkele dagen waren hun bewegingen op elkaar afgestemd en werkten ze harmonieus samen met de stilte als metgezel. Nu verscheen ze als een schim, en keek hem op zo'n manier aan dat hij wist welke beweging hij moest maken, terwijl haar bovenlichaam, dat naar hem zwaaide vanonder de boom waar hij heen wou, wegvloog en een scheutje wilde tijm in een rots plantte. En de rots, die vloog met haar mee. Met haar hand die onder de witte kalk zat gebaarde ze naar hem om vooruit te gaan, terwijl ze tijmblaadjes rondstrooide waarvan de geur zich verspreidde. Hij duwde zich naar haar toe. Nahla praatte niet. Als ze nu toch maar eens zou praten! Als ze nu toch maar eens iets zou zeggen! Hij sloot zijn ogen en probeerde zich te herinneren hoe ze was voor zijn broer stierf, maar het enige wat hij zag was het beeld van hoe ze sprongetjes en acrobatische bewegingen maakte, de strengheid van haar gelaatstrekken en haar starre ogen. Die ogen die hij zag terwijl hij zijn lichaam voortduwde, hoewel de duisternis bijna volledig was gevallen. Hij zag de leegte in die ogen, en haar witte vingers die de muren van het huis kalkten, en diezelfde vingers toen ze zich om de randen van de doodskist knelden. Hij wist dat hij haar enkel met zijn geest zag, niet met zijn ogen, en hij begreep dat ze een gebaar maakte om vooruit te komen! Hij smeet zijn romp vooruit en kwam zo op slechts een meter van de boom te liggen, hij zuchtte en sloot zijn ogen om haar duidelijk te zien. Ze glimlachte naar hem, zoals ze deed voor zijn broer stierf. Toen bedacht hij dat, zelfs als hij er niet in zou slagen om in leven te blijven, hij op z'n minst zijn belofte aan zichzelf moest houden, en dat hij ervoor moest zorgen dat zijn lichaam intact bleef zodat Nahla hem kon zien en afscheid van hem kon nemen. Zodat ze haar niet hetzelfde zouden aandoen als bij de begrafenis van zijn broer. Hij duwde zichzelf voort, haar silhouet achterna. Voordat hij weer het bewustzijn verloor, besefte hij dat de bewusteloosheid, die hem nu en dan overviel, nu weleens eeuwig zou kunnen duren. Deze energiestoot gaf hem vertrouwen. Hij raakte met zijn hoofd de stam van de boom. Hij hoorde een bonk aan de andere kant. Het hoofd van het wezen stootte ook tegen de stam. Hij kon het niet beletten zijn bewustzijn te verliezen.

Terwijl hij zijn ogen sloot, wist hij dat dit wezen hem niet zou doden.

12

Het zwarte zaadje danste opnieuw voor hem! Die blinde vlek! De kiem van de haat die ontsproten was toen ze tegen hem trapten!

Welke rust wou hij nu? Alle herinneringen en dwanggedachten die bij hem opkwamen, kwelden hem met meer kennis over zichzelf!

Hij zou die dag nooit vergeten!

Voor de ijzeren poort die automatisch opende, zou de oude sjeik hem zeggen dat 'alles hier wordt geopend en beheerd via een kamer waarin schermen voor bewakingscamera's staan, en alles wat in het paleis gebeurt wordt van hieruit aangestuurd, tot en met het sluiten van de ramen en het wateren van de bomen en planten toe!' Hij zou hem zeggen dat hij iets ging zien dat hij nog nooit eerder zag! Iets wat ze technologie noemen, en dat wordt aangestuurd en geregeld door een kleine computer, onder toezicht van een gespecialiseerde ingenieur. Hij ging de poort binnen, minder bevend dan nu, terwijl hij dagdroomde om weg te vliegen naar de tak van een boom. Hij liep daar met de oude sjeik. Terwijl die volledig opging in zijn uitvoerige uitleg, keek hij verbaasd naar alles wat hij zag. O God! Dat paleis, waarvoor je ongeveer tien minuten nodig had om het te voet te bereiken, dat hij al was vergeten, dat hij alleen van buitenaf had gezien en waaraan hij zelfs niet eens meer dacht! Dat paleis was iets onverklaarbaars, het was omgeven door angst, prestige, mysterie en ook macht. Waarom hadden ze de poorten van hun paleis voor hem en voor andere mensen uit het dorp geopend? Waarom bleven ze deze offers brengen?! Waar waren ze? En wie waren zij?

Ali weet nog hoe hij met de oude sjeik aan het wandelen was terwijl ze zich voorbereidden om de rituelen van Eid al-Ghadir, het feest van barmhartigheid, uit te voeren; de dag dat de profeet Mohammed de hand van zijn neef Ali nam, ze in de hoogte hield en riep: 'Wiens meester ik was, diens meester zal Ali nu zijn.' Dit is hoe zijn sjeik het hem had geleerd, en het was dezelfde sjeik die erop stond dat hij de feestelijkheden bijwoonde. Nadat ze onafscheidelijk waren geworden, zag de sjeik hoe de geest van Ali zich verruimde, hij raakte hem in zijn geloof, hij zag hem opgroeien en gedrag vertonen dat zeldzaam was bij de jeugd van tegenwoordig. Het deed Ali plezier om over de sjeik van het dorp te denken dat hij even sympathiek was als de heilige die hij al sinds zijn kinderjaren als voorbeeld had aangenomen, zijn favoriete heilige van het paneel met heiligen.

De wereld zoals hij die op dat moment zag was zo schitterend dat hij zelfs de wereld in zijn dromen overtrof! Hij was zo onvoorstelbaar prachtig dat hij onwerkelijk leek. Overal rondom het enorme gebouw stonden bomen, vreemde bomen die hij nog nooit eerder had gezien, waaronder hele kleine boompjes en enorme mastodonten. Hij wist dat het Japanse en tropische bomen waren in verschillende vormen en maten, en hij zag drie hoge palmen! Sinds wanneer stonden deze palmen hier? De sjeik zei tegen hem dat Al-Zayn hen zo had meegebracht naar het paleis van zijn vader! Ali slikte even terwijl hij zich probeerde voor te stellen hoe de drie ontwortelde palmbomen daar moesten gelegen hebben als lijken! Hij voelde zich zelfs even misselijk worden toen hij omhoog keek en zag hoe lang de stammen waren, waarvan je de reflectie kon zien in de muur van een breed glazen gebouw. Het was dan wel van glas, toch leek het sterk. Een muur waar geen levend wezen doorheen kon! Alleen het licht al overviel hem, zei hij tegen zichzelf, terwijl hij zijn lippen op elkaar perste om niet te fluiten of opgewonden te lijken, want hij was begonnen zijn emoties te beheersen, om zich samen met zijn sjeik voor te bereiden op zijn toekomstige leefwereld.

Het beeld dat de mensen in het dorp van Ali hadden begon te veranderen. Ze vonden hem dan wel excentriek, toch had hij ook iets grootmoedigs. Hij was verstandig, beleefd en wijs en ze interpreteerden dat, in tijden van oorlog, als een soort van waanzin, omdat er om de minste reden ruzies, geschreeuw en haat uitbrak onder de mensen. Ali, daarentegen, werd kalmer en geduldiger, zoals de sjeik zei. Wanneer hij met de sjeik in dialoog was, hield hij een vreemde toon aan. Het was een dialoog die geen dialoog was, eerder een aandachtig luisteren. De mannen begonnen met waardering naar Ali te kijken, want de sjeik had hém uitgekozen om het schrijn te dienen, het was namelijk niet belangrijk dat degene die het schrijn diende een geleerde theoloog was. Dit zou Ali's eerste stap zijn om het hart van de sjeik te veroveren en hem ertoe aan te zetten hem de beginselen van zijn religie te leren. De oude dorpssjeik was een van de weinige geestelijken die in de bergen waren gebleven om de kennis van hun geloof te verspreiden zodat de mensen hun relatie met de natuur en het bestaan voort konden zetten op de manier waarop hun voorouders leefden. De mensen van het dorp respecteerden hem en droegen hem in hun hart. Hij trouwde hen, scheidde hen, loste hun problemen op en de mensen gingen naar hem om van hun pijn verlost te worden. Hij was niet gierig, en eerder arm, en hij was het mikpunt van spot van de sjeiks die de laatste decennia hun opmars maakten. Door de tijd heen had hij zijn reputatie verdiend en hun respect gewonnen, omdat hij geloofde dat hij voor eenieder van hen verantwoordelijk was, hoewel hij en vele sjeiks van zijn generatie hun spirituele en sociale gezag bij het volk hadden verloren. Dit gezag was overgedragen aan de nieuwe sjeiks zoals Al-Zayn, maar het respect en waardering voor de religieuze afkomst en de familiegeschiedenis van de oude sjeiks werden helemaal niet vergeten! De sjeik zei hem dat de zielen van de gelovigen in hun opeenvolgende levens opstijgen totdat ze het grote licht bereiken. Hij zei ook dat Ali spoedig in de beginselen van het geloof zou ondergedompeld worden, dat het juiste moment zou komen waarop hij zou weten hoe als een rechtschapen man te leven en ten dienste te staan van de ander. 'God zit in je hart, Ali! God is overal,' was de zin die hij tegen Ali bleef herhalen. Kortom, de sjeik was heer en meester over de werelden van Ali. Daarom was het dat hij niet tegenpruttelde die dag toen zijn sjeik hem vroeg om hem tijdens het Eid al-Ghadir te vergezellen naar het paleis, het paleis van Al-Zayn die offers zou brengen en daarvoor twee lammeren en twee kalveren had laten aandragen door zijn mannen. Al-Zayn werd geflankeerd door zijn eigen sjeik, die Ali de nieuwe sjeik noemde. Ali's oude sjeik zei hem dat het voornemen van het offer was om de armen te voeden. De sjeik had zijn eigen logica die Ali niet altijd begreep. Dan zei de sjeik bijvoorbeeld: 'Ali, ieder van ons zoekt altijd naar wat hij voor ogen heeft, en Al-Zayn wil macht! Zijn wij God om hem daarvoor te veroordelen? Zijn dag des oordeels komt nog wel! En wij, wat willen wij in deze moeilijke tijd? Wij willen deze arme mensen voeden!' Ali antwoordde niet op wat zijn sjeik zei. Maar in zijn binnenste werd er die dag een zwart zaadje geplant toen hij het paleis van Al-Zayn zag, een zwart zaadje dat zo groot zou worden als een kikkererwt, en zich in zijn hart zou nestelen. Hij zag in het zwembad de weerspiegeling van de blauwe lucht en de wolken, van de vreemde bomen en planten en kleurrijke bloemen, en hij zag veel gewapende mannen bewegen. Het was precies als in sprookjes over paleizen en sultans, over wie hij gehoord had van de Rosse. In het midden van het paleis was een koepel, die onder de zon straalde en hem verblindde! Hij was van een onvoorstelbare schoonheid! Onder de zonnestralen leek hij wel een laaiende bal vol kleuren, versieringen en tekeningen, in een overwegend blauwe achtergrond. Uiteindelijk zag hij het gezicht van Al-Zayn die verscheen terwijl diens sjeik achter hem liep. Beiden begroetten de oude sjeik. Ali wist dat de meerderheid van de dorpelingen Al-Zayn niet mocht, ze wisten diep vanbinnen dat hun kinderen in zijn plaats stierven, maar ze durfden geen woord uit te brengen, want ze wisten welke straf hun te wachten stond als ze zich openlijk tegen hem keerden of tegen zijn oversten hier of in de hoofdstad. Angst maakte deel uit van hun bestaan, dezelfde angst die Ali beving, een complexe en gelaagde angst die hij eerst niet goed kon thuisbrengen, maar die hij op die dag zou vatten. Hij moest denken aan de Rosse die tegen enkele mensen in het dorp had geroepen dat de mannen van Al-Zayn haar ontvoerden omdat ze in zijn gezicht had gespuugd. Hij had het gevoel dat hij de Rosse in de steek had gelaten! Na drie weken was hij gestopt met naar haar te zoeken. Hij dacht altijd dat hij haar op de top van de berg naar hem zag staan roepen, en op een keer zei hun buurvrouw dat ze haar naar de vallei had zien afdalen en zich verstopte in de struiken. Een andere keer dacht hij dat hij haar in de boom bij het schrijn had zien klimmen, hij was naar haar gaan zoeken, maar had haar niet kunnen vinden. Ja, hij vond dat hij haar in de steek had gelaten! Niet alleen hij, ook de dorpelingen, iedereen was namelijk te druk bezig hun kinderen te begraven en hun overblijvende kinderen in leven te houden! Hij wilde zich terugtrekken en weglopen uit de tuin van het paleis, uit deze geordende en tot in de puntjes gestructureerde wereld, waarin rozen en bloemen waren veranderd in groene driehoeken en rechthoeken en lelijke bomen, ze waren immers zo gesnoeid dat ze eruitzagen als muren. Hij kon zelfs de geur van de bomen niet ruiken, of de takken zien die geen takken meer waren maar vingers van een gevangene. Aan de andere kant, in de hoek van de grote muur die de buitenwereld aan het zicht onttrok en die wel vier meter hoog was, zag hij langs het zwembad een grote tafel staan waarop soorten fruit stonden die hij nog nooit van zijn leven had gezien, de tafel stond in de schaduw van een stenen baldakijn van rode baksteen. Zijn hart kromp ineen, de sjeik nam zijn hand vast en vroeg hem geduld te hebben. De sjeik was zo iemand die kon zien wat anderen niet zagen, hij had gezien hoe het hart van Ali zwart kleurde en hoeveel moeite hij had met ademhalen, en fluisterde hem toe dat hij, als hij moest kiezen tussen de pest en cholera, het minst slechte moest nemen. Ondertussen verzamelden de mannen zich, dus ging de sjeik naar voren en spoorde hem aan om met hem mee te gaan. Er was binnen de muur nog een andere plek, een klein huisje naast het paleis, een huisje dat bestond uit drie kamers. Daar sliepen de bedienden. Het deed hem aan zijn tante denken die haar hele leven in die stulp had doorgebracht! Hij zag de vrouwen koken, en hoorde het gemompel van een van de mannen die naar de groep vrouwen keken. Ali kende de vrouwen van zijn dorp, ze leken op zijn moeder. Ze leken op haar omdat hun ruggen dezelfde kromming hadden en hun vingers even schraal waren, maar ze waren niet even koppig. Hij wist toen al dat vrouwen het recht niet hadden om aan hun religieuze feesten deel te nemen als ze niet zuiver waren, dat was hij te weten gekomen tijdens het incident in het afgelegen schrijn. Hij wist dat een vrouw niet ongesteld mocht zijn, omdat dat als onrein wordt beschouwd, en dan had ze het recht niet om de offers aan te raken.

Hij glipte weg uit de menigte toen de sjeik even niet op hem lette omdat hij de offers aan het bestuderen was samen met de nieuwe sjeik die de feestelijkheden leidde. Zijn oude sjeik was moedig naar voren gegaan om zich ervan te vergewissen dat het vlees eerlijk verdeeld werd, en even dacht Ali na over wat de sjeik gezegd had over de reden waarom ze dit feest het 'feest van de barmhartigheid' noemden. In al die tijd dat Ali de sjeik al vergezelde tijdens hun religieuze feesten, had hij hem nog nooit van het voedsel zien eten, of zijn deel van het gezegende vlees zien nemen. Hij liep ook niet te koop met al wat hij deed om het vlees aan de armen uit te delen. Hij had eens tegen Ali gezegd: 'We moeten proberen om dat kleine beetje menswaardigheid dat ons nog rest in ere te houden.' Toen had Ali begrepen waarom hij 's nachts, als de mensen van het dorp het niet zagen, wegsloop om een zak vlees voor ze achter te laten.

Zijn interesse was evenwel gewekt!

Al-Zayn stond voor hem, hij keek hem niet eens aan! Zijn ogen staarden in de verte, weg van de mensen die om hem heen stonden. Al-Zayn droeg sportieve kleding, witte gymschoenen die glinsterden in de zon, en een wit katoenen vest, en hij bewoog zich met zekere geruststelling tussen zijn mannen, die om hem heen cirkelden, terwijl hun wapens blonken in de zon. Terwijl ze in de handen van zijn mannen bewogen schitterden de wapens zo fel dat ze scherpe stralen werden die hun reflecties wierpen op de bomen die als muren gesnoeid waren. Ali keek ernaar en sloot zijn ogen. Hij wou tegen de sjeik zeggen dat wapens toch niet nodig waren op zo'n gezegende dag, maar hij durfde niet. Hij begreep waarom de mensen van het dorp deden wat ze deden, en hij begon de smaak van angst te proeven. Hij haatte dat moment, en toen de menigte naar binnen ging om te bidden, werd hem de toegang ontzegd. Desondanks volgde hij hen, en ging voor het raam naar hen staan kijken. De mannen verdwenen, en er viel een waardige stilte. Toen gingen de vrouwen met twee mannen het huis van de bedienden binnen. Hij had geen benul van hoeveel tijd er verstreek. Hij voelde zich verloren tussen hen!

Misschien kon hij nu, terwijl hij hier gewond en uitgestrekt lag en het geluid van de stilte hoorde, aan Al-Zayn denken, en aan de angst die hij zag in de ogen van anderen als Al-Zayn ergens aanwezig was of zelfs wanneer hij er niet was. Men zag hem slechts zelden, maar zijn macht was altijd en overal present, en men moest hem eerbiedigen en vrezen zoals men decennialang met zijn vader had gedaan. Al-Zayn kon de sjeiks en de tot op de tanden bewapende mannen mobiliseren, mannen die enorme mobieltjes in hun handen hielden, die ze tussen hun machinegeweren ronddraaiden en waarmee ze liepen te pronken tussen de mensen. Sommigen van hen kwamen uit het dorp, anderen uit de naburige dorpen. Ze waren met meer dan twintig! Waarom zou een man als hij zoveel metgezellen nodig hebben?! En wat deden ze bij hem?! Hoe leefden ze?! Waar haalden ze al dat geld vandaan?! Die vragen bezwaarden Ali, en hij wilde zichzelf niet belachelijk maken, hij durfde zelfs niet in hun buurt te komen want hij had het gevoel dat ze hem zouden opslokken. Dat konden ze zelfs met hun staalharde blikken, waarin hij hun minachting voor hem en anderen zoals hij bespeurde. In tegenstelling tot die mannen sprak Al-Zayn zacht en vriendelijk. Hij begroette iedereen met een glimlach, maar hij keek niemand in de ogen, hij zag de mensen niet, zelfs niet als hij bij hen was. Hij vervulde zijn plicht door hun kinderen te begraven. Op die dag dat Ali uit het enorme paleis was weggegaan zonder afscheid te nemen van zijn sjeik, had hij besloten nooit meer terug te gaan of Al-Zayn nog te ontmoeten, hij zou van hem wegrennen! Hij wou hem niet eens meer zien!

Het was een feestelijke dag. Er hing een sfeer die in schril contrast stond met wat er in zijn afgelegen bergdorp plaatsvond. Voor iedereen die over de feestelijkheden zou horen, zou het lijken alsof ze in een andere wereld plaatsvonden, alsof de oorlog niet in de steden en de dorpen woedde, alsof de oorlog niet van het noorden tot het zuiden het land in de ban hield! Het leek alsof ze daar een andere oorlog voerden, een die hen van binnenuit doodde en waarin duizenden van hen stierven! Ali wist niet wat de waarheid van deze oorlog was. De vragen verscheurden hem en de onzekerheid over alles wat hij hoorde bezorgde hem slapeloze nachten!

Het beangstigde hem ook hoe knap Al-Zayn was, want hij leek het perfecte plaatje van een niet te overtreffen persoon. Hij had alles wat nodig was om ver van hier te leven, ver weg van deze plek waar jonge mannen levend vertrokken en terugkeerden in doodskisten, die hij dan begroef, en aan wiens families hij vervolgens stukken vlees uitdeelde om hun honger te stillen en hun zo het zwijgen op te leggen. Opeens kreeg Ali het gevoel dat hij het vlees van zijn broer aan het eten was. Hij stond op zijn benen te beven bij deze gedachte en hij vroeg zijn Heer om vergiffenis! In de drukte van de dag was de sjeik hem vergeten. De sjeik was samen met de mannen het paleis binnengegaan, terwijl hem de toegang ontzegd werd. Hij hield zich even terzijde en kon toen aan de blikken van de bewakers ontkomen door bij een groot raam te gaan staan waar ondoorzichtige gordijnen voor hingen, maar door een spleet in het midden kon hij toch naar binnen kijken. Hij zag de mannen elkaars handen vasthouden, een jongeman had wierook vast om het wierookritueel uit te voeren. Later zei de sjeik hem dat hij binnen enkele jaren zelf het wierookritueel zou mogen uitvoeren. Hij staarde naar de mannen die daar hand in hand stonden te mompelen, maar hij had geen duidelijk zicht door die kleine spleet tussen de gordijnen. Ali probeerde te liplezen, ook al had de sjeik hem gezegd dat iedereen die hun geheime gebeden hoorde doof zou worden, en toch bleef hij staren naar wat ze aan het doen waren. Die gezegende dag was een van hun twaalf religieuze feestdagen, en het was de feestdag die Ali het nauwst aan het hart lag. Hij droomde van de dag dat hij met de mannen naar binnen zou mogen gaan. Hij ontspande zijn armen, hief zijn handen en deed alsof hij hun handen vasthield. Daarna sloot hij zijn ogen en beeldde zich in dat hij van de grond los kwam en met hen meevloog, hun hoofden dicht bij elkaar en hun lichamen in een cirkel zwevend in de leegte. Hij werd uit de cirkel in de lucht getrokken door een luide kreet van een van de bewakers: 'Jij daar, wat ben je hier aan het doen?!' De man die had geschreeuwd kwam dichterbij, greep zijn hand, trok hem weg van het raam, gooide hem op de grond, en trapte tegen zijn nek. Ali kon de voorkant van zijn schoen zien, hij sloot zijn ogen niet, en voelde de loop van het machinegeweer tegen zijn hoofd. Daar lag hij, met het machinegeweer tegen zijn hoofd geduwd en de schoen tegen zijn nek, hij beefde. 'Sta op en scheer je weg,' zei de man met het machinegeweer en de zware schoen die een rode afdruk op Ali's nek achterliet. Ali wist nog dat hij op die dag een blauw katoenen vest droeg, dat de loop van het machinegeweer bijna zijn schedel had doorboord, en dat hij op de grond was gevallen en naar de lucht keek, die niet zo druilerig was als ze nu was terwijl hij lag terug te denken aan die val. Een andere man ging aan een grote tafel bij het zwembad zitten, legde zijn pistool naast zich neer, zette een computer aan en keek naar iets. Daarna stond hij op, kwam naar hem toe gerend en sloeg hem! Op dat moment haalde Ali zich het gezicht van de Rosse voor de geest toen ze op de grond viel nadat de mannen van Al-Zayn haar op de begrafenis van zijn broer hadden geduwd, en hij werd overweldigd door ontoombare paniek, het soort angst dat het bloed in je aderen doet stollen. Hij stond op en rende de tuin van het paleis uit, terwijl hij de mannen hem gierend hoorde uitlachen. Hij was zo erg in paniek door de loop van het machinegeweer dat hij zijn sjeik vergat. Hij kon de leegte van zijn hart zien, en de zaadjes van haat en woede diep in hem, die hij de blinde vlekken van zijn ziel noemde. Hij rende en rende hijgend! De dorpelingen zagen hem rennen, alsof hij vloog! Hij liep de trappen af en rende daarna verder tot hij bij de klif kwam. Daar stopte hij. Hij ging op de rand staan. Hij spreidde zijn armen en zette zijn voeten op de rand van de klif, zonder voor zich uit te kijken. Hij vergat het Eid al-Ghadir, en de barmhartigheid die de mensen die dag vierden. De bergen en de lucht en alles om hem heen verdwenen, hij sloot zijn ogen en dacht aan twee kleine vleugels die uit zijn rug groeiden, twee vleugels waarmee hij zou kunnen vliegen zonder boomtakken nodig te hebben. Hij dacht aan zijn tante, die vleugels had gekregen en was weggevlogen.

Hij wilde springen! Hij wilde vliegen!

Hij herinnerde zich ook het moment dat hij een schreeuw uit de verte hoorde komen, het was de stem van Nahla, die hem hijgend was gevolgd, en die gilde van schrik. Hij keek haar bedroefd aan, deed een stap achteruit en dacht niet meer aan het paleis en zelfs niet aan de sjeik die nog steeds bij Al-Zayn was. Zijn verlangen om over de rand van de klif te vliegen verdween zodra hij Nahla naar hem toe zag rennen, en op dat ogenblik wist hij dat de vloek van een moeder niet alleen de liefde was, maar ook de vele touwen waarmee hij met haar was verbonden.

13

Eindelijk was de maan daar!

Hij zag haar terwijl hij daar met zijn hoofd tegen de boomstam lag en de geluiden van de insecten hoorde. Kwiek hief hij zijn handen op. Een minuut geleden was hij wakker geworden en had hij gezien dat de maan de boom verlichtte. Zo vreemd! Het leek alsof hij in het donker meer kon zien. Hij was het wezen achter de boom vergeten, want hij hoorde zijn stem niet. Hij stopte met ademen om te kunnen inschatten hoe dicht hij bij hem was. Maar het enige wat hij hoorde was het sissende geluid van de insecten. Hij kende het koninkrijk van de verborgen wezens die om hem heen renden en bewogen, hij beeldde zich in dat ze kolossaal werden, dat de maan hen verlichtte, en dat ze armen kregen... zes of zeven gigantische armen die naar hem toe kropen. Daar zag hij twee rode ogen van een insect, waarvan hij dacht dat het een sprinkhaan was. Door het maanlicht waren de ogen veranderd in twee brandende vuurkuilen. Toen verscheen er een zwarte vlieg met blauwe vleugels die groter en groter werden, hij zag de aderen die zich over de transparante vleugels vertakten. Hij dacht dat hij zich misschien vergiste, en dat hij de zon zag in plaats van de maan. Hij sloot zijn ogen en krabde met zijn vingertop over de stam van de boom. Hij hoorde het geluid van het geschraap en voelde zich in leven omdat er iets was wat hem gewaarwerd, want de verborgen wezens van het bos begonnen te bewegen na dat schrapende geluid, hij kon hen voelen kruipen op zijn lichaam. Dat betekende dat wat hij zag geen waanbeelden waren. Maar het gekruip van de insecten was niet normaal, hij voelde ze onder zijn zware kleren. Waar kropen ze zijn lichaam binnen? Hij kon hun enorme gestalten om hem heen zien vliegen, ze zagen eruit als monsters die hem gingen verslinden, terwijl hij goed genoeg wist dat het gewoon insecten waren die kropen, maar het beeld was sterker dan hemzelf. Hij mocht niet bang zijn. Hij had de gewoonte met insecten te spelen wanneer hij in zijn hut zat, en ze te vangen op zijn geheime uitstapjes naar het bos, dan trok hij hun vleugels uit en bestudeerde hen. Nu was hij zo zwak dat hij zich de insecten niet eens voor de geest kon halen, noch hun namen herinneren. Ze waren nu groter dan hij was, ze tolden om hem heen in het maanlicht en hij zag hun vurige ogen naar hem staren. Hij strekte zijn armen uit en vouwde ze om de enorme boomstam heen, de huid aan de binnenkant van zijn hand was zo gehavend dat ze in vellen van zijn palm viel. Hij bracht zijn hand dichter bij zijn ogen en zag kleine zwarte schimmen van insecten die in een diepe wond kleefden. Nog maar net geleden had hij die wond niet opgemerkt. Hij keek naar de rest van zijn lichaam en zag dat het in brokken uiteen lag, de verschillende delen cirkelden om de boom. Hij ving een glimp op van zijn ontbrekende hiel, zijn voeten liepen van hem weg, zijn handen klommen in de stam van de boom. Hij kon zijn ogen niet geloven! Zijn bovenlichaam was getooid in elegante en schone kleren. Opeens zag hij zijn vader naast zich staan, ze stonden op het plein te wachten op zijn broer die uit de stad zou komen. Het was een uitzonderlijke dag, want een van de familieleden zou naar de universiteit gaan! Hij droeg diezelfde broek die hij nu met zijn benen zag bewegen. Zijn benen achtervolgden twee hemdsmouwen die voor hem heen en weer zwaaiden, terwijl zijn vingers eruit tevoorschijn kwamen. Maar hij zag zijn borst en zijn hoofd niet! Hij keek naar rechts, toen naar links, misschien kon hij de rest van zijn lichaam wel bespeuren, maar hij zag zelfs geen schim. Hij keek omhoog naar de maan die nog steeds vol was. Dat betekende dat hij niet ijlde, en dat zijn ledematen voor hem uit liepen terwijl hij ernaar keek. Maar hij was hij niet! Zou hij geloven dat hij zichzelf niet was?

Hij herinnerde zich dat hij op die dag dezelfde kleren droeg die nu met zijn ledematen om hem heen vlogen. Hij kreeg nooit nieuwe kleren, een van Nahla's talenten was namelijk om kleren een nieuw leven te geven, net zoals ze dat kon met eten, grond, rotsen en alles om haar heen, zelfs verdriet. Zijn vader was niet in zijn normale doen, vol trots stond hij met zijn middelste zoon op zijn jongste zoon te wachten. Hij had zijn oudste zoon een jaar eerder begraven. Ali herinnerde zich dat hij naast zijn vader stond, die helemaal opgewonden en ongewoon vreugdevol maar bleef herhalen dat zijn zoon, de trots van de familie, niet ten oorlog hoefde te gaan, dat hij dokter zou worden. Hij praatte tegen Ali alsof hij tegenover een vreemde zijn zoon prees. Ali schonk hem geen aandacht, en zelfs nu, terwijl hij met zijn bovenlichaam tegen de stam van de boom zat, had hij niet aan zijn vader gedacht totdat zijn lichaamsdelen voor hem begonnen te dansen terwijl ze die kleren droegen. Daar, ongeveer een jaar geleden, toen hij met zijn vader op het dorpsplein stond, brulde de menigte en hoorde men kreten. Hij zag hun buurman met zijn mobieltje in zijn hand. De man mompelde iets wat Ali niet kon verstaan omdat hij te ver van hem af stond. Ali probeerde dichterbij te gaan, omdat de man, terwijl hij aan het filmen was, aan de mouw werd getrokken door een andere man die tegen hem schreeuwde om met deze waanzin en onzin op te houden omdat het land in staat van oorlog was. Hierop greep zijn vader zijn hand om hem te beletten dichterbij te gaan, maar hij realiseerde zich dat Ali geen kind meer was en dat hij hem niet langer kon slaan. Bovendien hadden de mensen op het plein elkaar in het oog. Hij kon trouwens trots zijn op zijn zonen, en hij liet er geen twijfel over bestaan dat zijn tweede zoon een echte man was, dus liet hij hem de menigte ingaan. Hij volgde hem, en vader en zoon konden enkele gesprekken horen. Aanvankelijk dachten ze dat het de begrafenis was van een martelaar. Het was bewolkt en het milde bergklimaat verlichtte de bedroefde stemming. Ali vond dat de wereld krap leek, want het plein kookte over van mannen uit het leger, mannen met wapens, kinderen, vrouwen en oude mannen. Hij hoorde een man een of ander decreet voorlezen van een stuk papier, een decreet dat de staat had uitgevaardigd, een decreet dat handelde over al degenen die land bezaten in hun dorp.

Niemand in zijn familie bezat een centimeter land, en ze hadden hun inkomsten niet verloren door de achteruitgang van de tabaksteelt, maar wel door het verlies van hun werk als arbeiders in dienst van de landeigenaren die de tabaksvelden in eigendom hadden. Het decreet dat ze nu toevallig aanhoorden, ging hen dus niet aan. Maar Ali keek angstig naar hun oude buurman die geduwd werd, tegen wie geschreeuwd werd en die misschien zelfs geslagen zou worden. Hij wou naar zijn hut gaan en al dit lawaai achter zich laten toen hun oude buurman begon te huilen en een toespraak hield, terwijl een andere man hem filmde. De oude man zag eruit als een doodsbang kind terwijl hij tegen de camera van een mobieltje vertelde dat hij drie van zijn zonen verloren was, zonen die hij had opgeofferd voor het vaderland, de staat en de president. Ali wist dat hun buurman, wiens zonen waren gesneuveld aan het front, niet meer bezat dan wat rotsachtig land, waarop hij terrassen had aangelegd om tabak op te verbouwen, maar door het overlijden van zijn zonen en de achteruitgang van de tabaksteelt, was hij gestopt met dat land te bewerken. Ali wendde zijn blik af van het gezicht van de oude buurman, omdat hij niet wilde terugdenken aan de dag waarop ze zijn broer hadden begraven. Een man riep dat de staat had besloten om onrechtmatig en kwaadwillig de gronden van de boeren in te nemen, onder het voorwendsel dat die gronden toch verwaarloosd waren. Een ander riep dat dit geen staat meer was, maar een bende!

Ali probeerde zich terug te trekken uit de menigte, maar zijn vader trok hem bij zijn mouw, omdat ze op zijn broer moest wachten. Ali voelde zich ellendig en benauwd, alsof zijn kleren hem verstikten.

Het was een strenge winter dat jaar. De oorlog woedde al drie jaar, en Ali vergezelde zijn vader de weinige keren dat ze als dagloners werk konden vinden op de velden. Hij haatte het om de rol van de oudere broer en een van de mannen des huizes te moeten spelen. Als de mannen niet zo tegen de oude man hadden staan brullen, dan was hij zeker weggerend en had hij er geen aandacht aan geschonken. Het centrum van het dorp stond stampvol mensen, en het was niet ver van het schrijn. Vreemde mannen verschenen, gevolgd door auto's, en de Rosse was er niet om zoals gewoonlijk tegen hen te schreeuwen, om hen uit elkaar te drijven, of om door hen bespot te worden. Hij zweeg en luisterde naar hoe de boeren ruzie maakten met een regeringsbeambte die de eigenaar bleek te zijn van de auto's die op het plein stonden. Hij zei dat de boeren niet in staat waren de gronden ten volle te benutten en dat de staat het land zou innemen. Een man antwoordde: 'God toch... we hebben de staat onze zonen en ons leven gegeven en nu steelt de staat onze gronden.' Een andere riep 'Bende dieven!' naar de ambtenaar wiens gezicht Ali niet kon zien omdat die klein was van gestalte en omringd door mannen. Enkele vrouwen voegden zich bij de menigte, en Ali wist dat de meesten onder hen maar weinig land bezaten omdat hij nog nooit een dag voor hen gewerkt had en omdat hij en zijn vader met sommigen van hen als dagarbeiders hadden samengewerkt. Hij wilde dit alles niet horen, maar toch ging hij in de richting van hun oude buurman, met zijn vader in zijn kielzog, die met vooruitgestoken borst naast hem stond. De bus was nog niet aangekomen. Een vrouw jammerde: 'Dat God jullie moge straffen! Jullie hebben onze zonen van ons afgenomen en ons land ingenomen.' Haar man greep haar bij de schouders en trok haar uit de menigte, en ze liepen weg. De oude man bleef zichzelf filmen en zei: 'Ik zweer het, alles zal uitkomen, bende dieven, ik zweer dat ik jullie aan de schandpaal zal nagelen, bandieten dat jullie zijn.' Op dat moment pas kwam de bus aan en ze moesten lopen om de langverwachte broer te ontvangen. Ze verlieten de menigte zonder dat Ali achteromkeek om te zien wat er met hun huilende oude buurman gebeurde. Zijn vader en hij haastten zich om zijn glimlachende broer te verwelkomen. Het leek alsof ze vleugels hadden, de vader uit trots op zijn zoon en Ali omdat hij naar zijn hut zou kunnen teruggaan, zijn verstikkende kleren zou kunnen uittrekken en samen met Nahla op het kleine terras verder zou kunnen werken. Hij verheugde zich erop het plein en het lawaai achter zich te laten. Wat hij hoorde en zag, gooide hem in een afgrond waarin hij te pletter viel. Hij wilde de mannen niet zien schreeuwen, huilen, vechten, lachen, hij wilde de ambtenaar niet zien, hij wilde niet weten wat hij niet wilde weten. Hij zei tegen zichzelf dat dit alles enkel de grondbezitters aanging en dat hij er niets mee te maken had. Hij bereidde zich voor op een ontmoeting met zijn oude sjeik, die hem zijn zegen zou geven en hem de kennis van hun religie zou bijbrengen. En hij dacht aan de heilige op het paneel, en diens levensloop, hoe hij in zijn kluizenaarshut afgezonderd leefde tussen zijn boeken en bomen. Hij voedde zijn dromen met zijn vermogen om in zijn hoofd te leven, en binnen de grenzen van wat er om hem heen gebeurde. Ook al begreep hij dat alles niet, toch maakte het hem boos. Daarom stond hij op het punt de regeringsbeambte, die met een gevolg aan auto's en mannen was gekomen om het kleine en enige stuk grond dat eigendom was van hun oude buurman in te nemen, een klap te verkopen. Daarna zou hij hun oude buurman vastpakken, hij zou zijn hand vastnemen en hem smeken om terug naar huis te gaan, weg van het plein, maar hij deed het niet. Hij bleef op een afstand staan zonder zich te kunnen bewegen, zonder te kunnen ademen in de kleren waarin hij eruitzag als een man! Het was een donkerblauw pak, keurig gestreken, en eronder droeg hij een smal wollen vest dat ook door Nahla's gouden vingers was gebreid.

Hij zag alle kleinste details van die kleren, terwijl zijn ledematen om hem heen dansten en hij terugdacht aan die dag en het verheugde gezicht van zijn vader. Hij wist niet waarom hij die verdomde kleren zag? Hij kon er geen antwoord op bedenken. Zou dit nu een soort dood zijn of betekende het juist dat hij nog intenser leefde? En als hij nu moest sterven, waarom zou hij dan die menigte zien en het geschreeuw horen van de mannen die hun land en kinderen verloren waren?! Waarom moest hij nu het gezicht van zijn vader zien?! Een rilling ging door hem heen. Het was een slecht voorteken dat Nahla's gezicht was verdwenen en het gezicht van zijn vader ervoor in de plaats was gekomen. Hij wilde hem niet zien, dus zocht hij zijn toevlucht in de boom en spreidde zijn armen rond de stam in de hoop dat hij zijn lichaam zou kunnen draaien, de boom omhelzen en omhoogklimmen. Dat zou moeilijk zijn, want hij zag nog steeds zijn ledematen onder het heldere maanlicht van hem weglopen. Nu zag hij ook zijn bovenlichaam voor hem vliegen. Hij zag hoe zijn lichaam uiteenviel en in stukken rond de boom cirkelde. Zag de dood er zo uit? Betekende dood zijn dat we veranderen in zwevende lichaamsdelen, of misschien in transparante lichaamsdelen die één worden met de aarde en de bomen? Maar die lichaamsdelen van hem die hij zo goed kende, waren niet doorzichtig! Hij legde zijn handen op zijn borst en sloot zijn ogen, uit paniek hield hij zijn adem in. Zijn handen tilden hem op, maar eigenlijk wist hij niet of het werkelijk zijn handen waren! Hij staarde opnieuw, bang om naar boven te kijken opdat hij zijn hoofd niet zou zien vliegen, en zag het maanlicht op zijn vingers schijnen. Hij rechtte zijn romp, maar zodra hij wankelend op één been stond, viel hij neer met zijn hoofd tegen de boomstam. Zijn ledematen waren verdwenen. Hij wist dat hij zich dit alles verbeeldde, dus draaide hij zich om met zijn romp, en voelde een steek in zijn ontbrekende hiel, of een beet of... kleine wezens die misschien zijn opengereten vlees aan het verorberen waren. Hij was toch nog niet zo lang gewond dat de wormen hem nu al levend opvraten. Misschien waren het alleen maar angstbeelden! Hij draaide zijn bovenlichaam om, en hield zijn gezicht dicht bij de boom. Plots hoorde hij een geluid, het geluid van iemand die zich achter de stam omdraaide, dat wezen! Hij plakte zijn gezicht tegen de stam, duwde zijn hele lichaam ertegen, en keek omhoog. Hij zag dat de boom eindeloos hoog was, en viel uitgeput neer. Toen merkte hij dat de maan dicht bij de top van de berg stond, de dageraad was nergens te bespeuren, en hij bedacht dat die hoogstwaarschijnlijk niet snel zou aanbreken.

14

Maar wat was dat? Een tak?

Het was een afgekapte hand die straalde in het maanlicht! Ze was een armlengte of twee van hem verwijderd. Dat was goed, dat ze ver van hem lag. Hij schoof achteruit, in een enkele cirkelvormige beweging draaide hij de andere kant op. Hij dacht dat hij wakker was, toen een hand zijn schouder aanraakte. Hij keek ernaar, dat was zijn hand! Er lag een hand op zijn schouders terwijl hij zijn eigen handen ook zag! Dit was geen droom of een waanidee. Was er dan een derde hand aan hem gegroeid? Hij sleepte zijn lichaam over de grond, de takken van de boom bevonden zich nu boven hem. Hij zag een glimp van de maan die niet door het dikke web van takken kon doordringen. Was dit zijn hand of niet? Hij pakte zijn linkerhand vast, dan zijn rechterhand, hij voelde eraan, trok aan zijn haar en raakte zijn gezicht en neus aan. Daarna stak hij zijn vingers in zijn mond en tussen zijn tanden, en telde ze rustig een voor een. Ze waren er allemaal nog. Hij was niet aan het hallucineren! Het waren echte botten! Hij voelde een open wond op zijn bovenlip. Jij watje, zei hij tegen zichzelf, het is maar een schram, een kleine wond zoals hij zo vaak had op zijn lichaam door tussen de rotsachtige bergen te lopen, het zou wel niet ernstig zijn. Hij probeerde voorover te buigen om onder zijn knieën te voelen maar pijnscheuten en de geur van bloed verhinderden het hem, en dus begroef hij zijn ontbrekende hiel in de aarde, griste wat bladeren bijeen en bedekte er zijn hiel mee. Hij ging in de boom klimmen, dit was het moment!

Hij moest controleren hoe sterk de tak was die voor hem hing. Hij zette zijn elleboog stevig neer, draaide zich om, en kwam zo met zijn buik op de grond te liggen. Hij kroop en voelde iets steken in het midden van zijn borst. Verbaasd vroeg hij zich af hoe een insect op zijn borst was geraakt terwijl hij die zware kleren droeg, maar toen herinnerde hij zich dat hij zijn hemd en zijn militaire uniform open had gedaan om zijn buik af te tasten op zoek naar een wond. Hij rook de geur van de dageraad nog steeds niet. Als hij bij de tak zou aankomen, moest hij de knopen van zijn vest sluiten zodat er niet meer insecten binnendrongen. Hij was nooit bang geweest van insecten, hij vreesde alleen dat ze in zijn wonden zouden kruipen! Die vervelende steken namen maar toe, alsof hij in een wespennest was gevallen. Hij kroop verder, stak zijn hand uit, en greep de vingers van de afgekapte hand, denkend dat het een tak was. Hij was die hand al vergeten. Een echte hand, geen boomtak, zelfs geen waanbeeld in zijn hoofd, hij had een echte hand vast! Hij greep haar vast als een tak, alsof hij de hand van een man schudde. Dit was de tweede hand die hij tegenkwam. Hij stelde zich de bergen voor waarop vingers ontsproten die naar boven groeiden in de richting van de lucht. Verstijfd bleef hij liggen en zag zichzelf als een stenen beeld dat een afgehakte hand vast had. Hij wilde tegen het beeld blazen om het in stof te doen veranderen, maar het lukte hem niet. Hij werd opnieuw gestoken over zijn hele lichaam, hij hapte naar adem, en herinnerde zich zijn verdriet die dag toen hij zijn keel hoorde dichtklappen voordat hij naar adem snakte, en nu hoorde hij hetzelfde geluid vooraleer hij weer kon ademen.

Die dag kwamen hij en zijn vader terug van hun werk in de citrusboomgaarden, toen ze aan een controlepost werden tegengehouden. De mannen van de controlepost zetten hen in een rij voor inspectie. Zonder tegenpruttelen stapten ze uit en overhandigden hun identiteitskaarten. Ze waren moe en het enige wat Ali wilde was naar zijn boomhut gaan na een lange dag. Zijn handen, die vol blaren stonden door de schop vast te houden, deden pijn. Die ochtend had Nahla geprotesteerd, ze wilde niet dat hij die dag met zijn vader zou meegaan. Ze wou dat hij in zijn hut bleef. Misschien had ze een voorgevoel gehad? Alles wat er daarna zou gebeuren had ze voorspeld, misschien was dat de reden waarom ze om hen heen had gesprongen en woedend met spullen had gegooid, waaronder ook de kleren van haar man! Ze had geen ontbijt voor hen klaargemaakt zoals ze gewoonlijk deed, ze staarde naar de lucht, en mompelde luider dan normaal dat haar zoon naar het schrijn moest gaan omdat de sjeik op hem wachtte! Ze bleef om hen heen draaien terwijl zij zich klaarmaakten om te vertrekken, en zei, eerder tegen de lucht sprekend, dat Ali bij haar moest blijven om haar te helpen stenen te verplaatsen, om een nieuw terras aan te leggen waarop ze tomaten zou planten. Ze had hem nodig om de grond te ploegen en de takken te breken die ze tussen de stenen zou vastzetten om daaraan de plastieken zeilen te hangen... Ze mompelde... En ze mompelde... Haar woorden werden een soort van prevelen, gericht aan de hemel, terwijl ze met haar rug naar hen gekeerd stond. Zijn vader bleef maar volhouden dat ze de hele dag moesten werken, dat God zijn zoon zou beschermen, dat ze dubbel betaald zouden worden omdat ze een dubbele shift zouden draaien en dat het al een maand geleden was dat er nog werk was geweest. Ali wist niet goed meer wat zijn vader precies zei, maar hij wist nog wel dat ook hij wat geld wilde verdienen omdat zijn jongste broer net aan zijn eerste jaar op de universiteit was begonnen. Hij vond echt dat Nahla overdreven ongerust was! Toen hij daar in de rij bij de controlepost stond, dacht hij aan haar angst. Hij kon zich het moment waarop zijn lichaam verstijfde toen ze hem meenamen nog goed herinneren, het moment waarop hij in een steen was veranderd, en zich voelde zoals hij zich nu voelde.

Het was niet de eerste controlepost die de bus had tegengehouden, enkele minuten daarvoor hadden ze al bij een controlepost moeten stoppen! De milities die aan het begin van de oorlog waren ontstaan, hadden het recht om mensen, auto's en alles wat boven de grond bewoog tegen te houden. Noch Ali, noch zijn vader en veel andere mensen uit de dorpen en steden wisten wie tot deze milities behoorden. In de kleine bus die stopte zaten enkele mannen uit de bergen die als arbeiders op de velden werken. Zij, en de mensen uit de vallei, waren gewend geraakt aan die milities waarvan de leden zeiden dat ze daar waren om de mensen te beschermen tegen de vijanden en tegen de terroristen. Wanneer ze zich verplaatsten, losten ze voortdurend schoten in de lucht, en die zwaarbewapende mannen konden mensen zomaar doen verdwijnen! Dan verdween de eigenaar van een luxeauto en vonden de mensen hem vermoord langs de weg terug. Zijn auto verdween met hem, en de mensen wisten dat deze auto gestolen was, want als die lui een kostbare buit konden scoren, ontvoerden ze de bestuurder, stalen de auto en eisten losgeld van zijn familie. Ali kon maar moeilijk een onderscheid maken tussen de controleposten van milities of die van de inlichtingendiensten, het leger of de politie, of zelfs van criminele bendes die wilden stelen en doden en om die reden deden alsof ze een controlepost waren. De wereld leek hem bekrompen en bezaaid met controleposten die opdoken en dan weer verdwenen, en dan weer opdoken en weer verdwenen. Wat ze gemeen hadden, was dat de mannen bij de controleposten allemaal wapens droegen. Ali zag hen wanneer hij met zijn vader ging werken, maar hij had nooit gedacht dat hij op een dag, zo verstijfd als een steen, voor zo'n controlepost zou staan. Hij had ook nooit gedacht dat hij voor een andere verrassing zou komen te staan dan dat hun identiteitskaarten gevraagd werden en de bussen doorzocht. De vorige keren dat hij met zijn vader was gaan werken, had hij zijn identiteitskaart zonder de minste aarzeling gegeven, terwijl hij dacht aan het loon dat de familie zou krijgen na een lange dag werk. Hij staarde naar hun gezichten, het waren mensen net als hij, alleen kwamen ze misschien uit de naburige dorpen. Hij herinnerde zich dat moment nu omdat hij bijna aan het stikken was toen zijn vader zei dat zijn oudste zoon al gesneuveld was, en dat deze zoon spoedig in het leger zou treden. Hij beloofde dat hij dat zeker zou doen, maar nu moesten ze terug naar huis. De mannen zwegen, op één na. Hij zei: 'Vent toch, al onze zonen zijn aan het front, laat hem maar over aan de Almachtige die hem wel zal beschermen.' Op dat ogenblik keek de vader naar Ali, en Ali keek naar de mannen. Hij dacht dat hij in een droom was beland, en dat hij zou vluchten, wegrennen zo hard als hij kon, dat hij de berg op zou klimmen en zich zou verstoppen in de struiken. Hij zou geen rottend lijk worden zoals zijn broer!

Hij zou niet toestaan dat ze hem meenamen zodat hij in de plaats van Al-Zayn kon gaan sterven!

Hij stond op het punt te vluchten toen het gebeurde. Hij dacht aan hun wapens, hij was geen lafaard. Hij weet nog dat hij tegen zichzelf zei dat hij geen lafaard was om als een kalf naar de slachtbank te worden geleid.

Maar wat toen gebeurde hield hem tegen!

Hij was stomverbaasd toen zijn vader een van de mannen van de controlepost bij de borst greep en smeekte om hem in zijn plaats te nemen. Hij zag zijn vader zoals hij hem nog nooit had gezien. Zijn stem werd luider en trilde, zijn woorden weergalmden, en hij leek jonger. De mannen keken hem afwachtend aan, een van hen werd kwaad op zijn vader en gaapte hem vol walging aan. Een andere man kwam op de controlepost af, greep zijn vader bij de schouders en gooide hem tegen de grond. Zijn vader kroop terug en ging knielend voor de man zitten die hem had neergegooid. Ali wist dat de mannen van de controleposten niet in huizen inbraken om mannen te dwingen naar de oorlog te gaan, dat hadden ze niet nodig, ze jaagden op hen op de wegen. De staatstelevisie zond video's uit over vijanden die tussen hen leefden en die vermoord en afgeslacht werden. Die video's zorgden ervoor dat velen zich enthousiast als vrijwilliger lieten inlijven om het land te verdedigen, maar Ali dacht op die dag dat ze bij de controlepost werden tegengehouden enkel aan hoe hij zich zou wijden aan de zorg voor het schrijn en kennis over zijn godsdienst zou vergaren. Hij was de oorlog vergeten!

Zijn sjeik was ervan overtuigd dat Ali hier klaar voor was, want hij kon de ernstige blik in zijn ogen zien terwijl hij urenlang zat te staren naar het beeld van zijn geliefde heilige in het schrijn. De sjeik vond hem dan wel wat vreemd, toch zag hij hem als een wijze en menslievende jongen, en hij had besloten hem de geheimen van hun geloof bij te brengen wanneer hij wat ouder zou zijn. En nu was de tijd rijp, en Ali, die het idee in zijn hoofd liet zinderen, dacht aan het huis van de Rosse, en hoe hij haar zou herdenken. In de toekomst zou hij in haar barak gaan wonen, en hij maakte plannen om die te verbouwen en schoon te maken. Hij was zelfs al begonnen met enkele boeken te lezen die de sjeik hem had gegeven. Hij schonk geen aandacht aan het geluid van de vliegtuigen, noch aan het gejammer van de moeders of de ruzies onder de dorpelingen. Hij had geen medelijden met hun oude buurman, maar bleef wel aan zijn zijde om hem te beschermen tegen de klappen en het geschreeuw. Hij leek zelfs tevreden in de weken die volgden op dat incident en was erin geslaagd zijn moeder te laten glimlachen toen ze de bloemen zag van de aubergines die hij onder het plastic zeil had geplant. Hij had haar zien glimlachen! Hij kon zijn geluk niet op toen zijn broer naar de universiteit ging. Toen hij ontdekte dat zijn kleine roodharige zusje graag onder de boomstam zat en daar urenlang las, had hij er plezier in naar haar te zitten luisteren. Zijn zusje, dat plots groot was geworden, las soms hardop, en hij vond het zo leuk om naar haar te luisteren, dat hij haar zelfs aanspoorde om hardop te lezen. Ze bleef lezen tot de avond viel, en hij luisterde naar haar stem die luid weerklonk aan zijn hemel. Hij liet de woorden een voor een bij hem binnendringen. Die zomer had hij het gevoel dat zijn leven perfect was, maar tijdens diezelfde zomer werden ze tegengehouden aan de controlepost en had zijn vader de hand van een van de militieleden gekust, terwijl twee anderen Ali meesleurden, en een derde tegen zijn vader riep dat hij een lafaard was, omdat hij zijn kinderen niet aan het vaderland wilde schenken, waarop de vader antwoordde dat hij een zoon, zo mooi als de maan, had afgestaan, en dat hij en zijn hele familie trouw waren aan de president en het vaderland, maar dat ze zijn tweede zoon niet mochten afpakken! Op dat moment merkte een van de mannen dat Ali niet sprak en zo gehoorzaam was als wijzen die nergens op zaten te wachten. 'Je zoon heeft ze precies niet allemaal op een rij!' Enthousiast antwoordde de vader: 'Dat is zo, ik zweer bij God dat hij niet goed snik is, jullie zouden geen moer aan hem hebben... Ik zweer het, meneer, die zoon van mij hier is een imbeciel. Naar waar willen jullie hem meenemen?' en hij kuste opnieuw de hand van de man en huilde! De mannen lachten en de vader stortte weer in, en op dat moment kwam Ali naar voren, hij sleepte de twee mannen die hem vasthielden mee zonder een woord uit te brengen. Zo mild als men kan verwachten van iemand wiens vader voor hem knielt, zei hij dat die mannen ook alleen maar bevelen opvolgden, maar de vader bleef maar smeken. Vastberaden zei Ali terwijl hij verder stapte: 'Ik ga met hen mee, ga onmiddellijk terug naar het dorp.' Hij leek een verstandige en volwassen man. De mannen die in de rij stonden, en de vrouwen en kinderen die vanuit de bus toekeken, waren vol bewondering voor deze jongeman, die wist wat vaderlandsplicht betekende. Ali hief zijn hoofd op, maar verdriet overviel hem, en hij keek naar de grijze lucht. Dat was het enige wat hij had gezegd!

Hij wendde zijn blik niet af van zijn vader, die aan de kant van de autoweg werd gegooid nadat de bus was vertrokken. Hij wachtte tot zijn vader zou opstaan en terug naar het dorp zou gaan. Hij had vertrouwen in wat hij aan het doen was, en het was niet langer belangrijk dat hij naar een plaats ging waaruit men terugkwam in een doodskist. Het was niet langer belangrijk waar hij was, hij wist niet meer waar links of rechts was terwijl hij voor hen uit ging, nadat hij hun beleefd had gevraagd zelf te mogen lopen. Hij zou zelf in hun auto stappen. Ze keken hem bespottend aan, hij leek immers overdreven kalm, alsof hij zichzelf de rol van een held had aangemeten. Hij liep voor hen uit, met elke pas ging hij verder weg van zijn vader, toen een van hen hem tegenhield: 'Hé, waar ga je heen? De auto staat daar, aan de andere kant.'

Ali draaide zich om. Hij zag de auto waarin hij van zijn vader zou wegrijden. Zijn vader stond nu rechtop, vlak voor hem. Ze staarden elkaar aan. Zijn vader rechtte zijn rug en stond hem hijgend aan te kijken, zijn benen stonden wijd uit elkaar en waren gebogen, en zijn armen waren gespreid in een halve cirkel, alsof hij klaar stond om te springen.

Bij elke stap werd de afstand tussen hen groter, en hij bleef zijn hoofd draaien terwijl zijn ogen op het gezicht van zijn vader gericht bleven. Toen zijn hoofd in de auto verdween kon hij zijn vaders blik opvangen, een blik die hij voor de allereerste keer in zijn ogen zag. Die blik, dat was de blik van liefde, dacht hij.

15

Zijn hand was nog steeds schraal, hij dacht dat hij hoestte, maar eigenlijk spuwde hij bloed. Hij hoorde een echo weerklinken en rilde. Hij draaide zijn lichaam, de afgekapte hand glipte uit zijn vingers. Hij hoorde de bladeren ritselen terwijl iets achter de boom bewoog. Het was misschien die ander die rond de boomstam cirkelde. Hij draaide zich op zijn buik waardoor zijn gezicht vlak voor de stam kwam. De maan stond pal boven hem en hij hoefde niet te bewegen om haar te zien. Een sponsachtige maan, doorspekt met aderen die telkens anders waren. Hij wist hoe haar kleur kon veranderen. Vandaag was ze grijsblauw, de lucht was helder en de sterren waren zoals ze altijd zijn, onveranderlijk. Enkele minuten geleden stelde hij zich voor dat hij de sterren rond de maan zag vallen, en dat de baan van de maan plots anders was, dat ze dichterbij kwam en hem wou opslokken, maar dan toch weer weg ging om een ster te worden. Ze kwam dichterbij en ging weer weg als een pingpongbal! Hij dacht dat ze groter was dan normaal, haar ronding vervaagde en haar randen leken te scheuren. Daarna werd ze zo klein dat hij haar nauwelijks meer kon zien, hij zag enkel nog een vale glans die beetje bij beetje vervaagde. Toen besefte hij dat het zijn ogen waren die tolden en dat de maan nog steeds was hoe ze altijd was geweest. Zijn oogleden werden zwaar, en het werd donker, en hij had de kracht niet om zijn ogen open te houden.

Hij verzonk in onzekerheid en geloofde niet meer wat hij wist over zijn bestaan! Het was alsof hij draaide en draaide en de plek waar hij wilde zijn bereikte, om dan terug bij nul te zijn; het ogenblik dat hij wakker werd en zelfs zijn eigen naam niet meer wist! Hij kon het begin en einde niet meer van elkaar onderscheiden! Hij steeg op en daalde af in een afgrond, steeg weer op en bereikte de top, alsof hij door een onzichtbare haak getrokken werd, een haak die hem bij zijn hart greep, om dan weer in een ander visioen te ontwaken!

Waar kwam de kracht vandaan om dat visioen te beleven?! Het was niet echt een visioen. Eerder een beeld dat vluchtig passeerde. Zijn vader stond daar met gebogen benen te kijken naar de patrouille die zijn zoon had gearresteerd, in zijn ogen stond dat water waarvoor men verschillende namen heeft, dat water dat uit de ooghoeken komt, dat soms in de ogen blijft hangen als golven, of dat ingehouden wordt en zich in het hart nestelt en dan het hart of de hersenen doodt, door ze dooreen te schudden en in stukken vaneen te rijten. Op die dag zag hij hoe zijn vader dat water tegenhield, hij zag die blik die hij van zijn leven niet gezien had. Hij kende die blik. Hij was bang en zijn maag rommelde. Hij voelde een kracht in hem opkomen en hij probeerde zijn ogen te openen. De dag duurde al zo lang dat het wel een heel leven leek en uit ervaring wist hij dat hij het bewustzijn zou verliezen. Hij was tot niets meer in staat behalve te voelen dat hij nog bestond. Zijn herinneringen aan die blik gaven hem het gevoel te bestaan, maar zijn bestaan was afhankelijk van wat hij voelde op dit vergankelijke ogenblik. Hij kon zijn vingers niet meer voelen of eender welk lichaamsdeel bewegen. Maar daar zag hij de maan weer! Dat was misschien voldoende! En daar was het beeld weer van het diepe gat waarin hij zichzelf zag vallen. Hij dacht dat het zijn graf was, dat hij echt gestorven was, en dat wat hij een tijdje geleden gezien had slechts hallucinaties waren, omdat hij niet langer een onderscheid kon maken tussen dromen en waanvoorstellingen, tussen zijn herinneringen en het heden. Het beeld van zijn vader dat hij vluchtig voor ogen had gezien, had hem in verwarring gebracht. Toen besefte hij dat iets ervoor zou zorgen dat hij zou kunnen zien wat er om hem heen gebeurde. Hij zou zelfs tevreden zijn om zijn waanideeën te zien. Hij zag hoe hij de afgehakte hand vasthield en haar in het verdomde gat gooide dat hij aan het begin van de dag had gezien. Hij was vergeten dat hij zichzelf in een gat had gezien, en dat dat gat het graf van zijn broer was. Zelfs Nahla's gezicht was verdwenen, en weer dacht hij dat hij niet meer was dan een paar ogen. Er stak een briesje op waardoor hij een geur rook die hij kende, de geur van de dageraad. De maan liet purperen schaduwen achter op wat hij zag en hij realiseerde zich dat hij deze geur kende, het was een van de dochters van de wind zoals hij hen omschreef. Hij fleurde op en ademde diep in, hij opende zijn ogen en zag zijn wimpers als reusachtige zwarte stokken voor hem, en zo, langzaamaan, scheurden zijn oogleden. De maan overdonderde hem, ze was veel groter en duidelijker dan gewoonlijk, ze was niet zoals de maan waaraan hij gewend was, waarvan hij wist hoe ze bewoog en hoe haar banen liepen, de maan wiens gelaat en gedaanteverwisselingen hij vanbuiten kende, en waarvan hij dacht dat ze dichter bij hem stond dan alle mensen in zijn leven. De maan was zacht, ze hing boven aan de eik en verlichtte alles om hem heen. Dit was hij dus, de maan was daar omwille van hem. Gedurende enkele minuten vergat hij zichzelf weer, en dan wist hij dat de maan voor hem was gekomen.

De maan was niet zo dichtbij als hij dacht, het was de boom! En de maan hing in de bovenste takken van de boom. Hij keek ernaar terwijl hij op zijn rug lag. Hij dacht dat hij op zijn buik lag, dicht bij de boom, maar enkele seconden later besefte hij dat hij op zijn rug lag dicht bij de stam, en dat de maan helder was en dicht bij hem stond, ze verlichtte het pad voor hem. De afgelopen nachten was hij in staat geweest op de maan te rijden en haar verschillende gedaantes te laten aannemen! Wanneer de maan als een sikkel was, wist hij hoe hij zijn lichaam erbovenop moest bewegen. Toen hij in zijn hut sliep, en de takken het maanlicht afschermden, kon hij de takken in de luren leggen door zijn lichaam te bewegen, zijn ogen te sluiten en heen en weer te zwieren terwijl hij 'kom op' tegen de maan zei. Hij spoorde haar dan aan om in de lucht te galopperen terwijl hij op haar klom. Maar nu was de maan vol en kon hij niet op haar heen en weer schommelen. Hij wenste nu dat, toen hij op de top van zijn berg in zijn hut tegen de maan had zitten praten, het in hem op was gekomen om op de maan te schommelen terwijl ze vol was, dat hij haar dan naar de verste ster zou hebben gegooid. Hij stelde zich de maan voor als een elastische spons als ze vol was, en waterig en luchtig als ze half was. Hij had altijd geweten dat er grove fouten werden gemaakt wanneer men over de zilveren maan sprak, hij vond niet dat de maan wit was. Het vond dat ze blauw was, en dat ze die blauwe kleur kreeg door de hemel en niet door de zon, zoals hij op school had geleerd. Af en toe zag hij duidelijk haar baan, ver weg, en hij dacht dan dat er iemand vanaf die andere kant naar hem keek. Hij had altijd geloofd dat deze maan slechts een inbeelding was, niet meer dan een groot, kleurloos, vormloos, geurloos en smaakloos licht, en hij geloofde niet wat er over de maan werd verteld of wat hij hoorde of zag op tv, die enkele keren dat hij met zijn broers en zussen naar tv moest kijken. Hij verachtte dat apparaat, hij kon zelfs het mobieltje dat zijn broer op de kop had getikt niet uitstaan. Hij verkoos zijn hut die voor hem een ander soort televisie was, met een breder en groter scherm dat uitzicht gaf op het hele universum. Met zijn vinger kon hij naar het verst zichtbare punt wijzen, daar waar de zee en de hemel in elkaar overliepen, en waar een klein stukje van de zee glinsterde, terwijl hij in zijn hut stond. De maan kwam altijd naar hem toe, want hun huis was naast dat van de maan gelegen. Hij keek naar dat vreemde oppervlak waarin de zee weerspiegelde, hij bestudeerde het grondig, het leek wel zo glanzend als een spiegel die de wereld van ver belichtte. Deze spiegel, die aan het einde van de horizon werd gevormd, was het scherm van zijn eigen speciale televisie. Hij hield zichzelf voor dat hij op een dag daarheen zou gaan, naar het verste punt aan de horizon. Dit was een van zijn geheimen. Over het algemeen onthulde hij zijn geheimen aan niemand behalve die enkele levensvragen waarover hij sprak met Nahla en de Rosse. Hij hield zijn gedachten en vragen altijd in een gesloten doos, en nu zat hij in die doos; zijn hoofd.

Omdat hij zich verplaatste, zag hij plots twee voeten voor hem, de voeten van die ander. Het was niet duidelijk of de hiel van een van deze voeten ontbrak. Er was een gezonde voet, helemaal intact, terwijl die andere achter de boom verborgen bleef, maar ze werden zonder twijfel verlicht door de maan. Hij haalde diep adem en besloot om op zijn buik te gaan liggen en niet naar de andere kant te kijken. Hij draaide zijn lichaam om en viel op de grond, hij had het gevoel dat hij vloog en viel, waarop zijn mond zich vulde met aarde, en de takken in zijn ogen staken. Het was een zware val die hij niet had voorzien, en hij dacht dat hij te zwak was om zijn lichaam te bewegen, dus ging hij languit op de grond liggen en kroop op zijn ellebogen, terwijl hij naar het geritsel van de bladeren en het vreemde geluid achter de boomstam luisterde. Hij maakte zich geen zorgen, want hij had besloten dat hij eender welk schepsel dat hem zou benaderen met zijn tanden in stukken zou rijten. Hij klappertandde even, ja hij had nog altijd kracht, hoe had hij zich anders zo energiek kunnen omdraaien?! Maar toen merkte hij dat er geen maanlicht meer was. Hij zag haar niet meer! Hij wist dat het blauwe licht dat hem omringde betekende dat de maan nog steeds boven de boom stond. Hij wachtte even. Wanneer hij bij de stam zou zijn, zouden de takken de maan belemmeren om de scène rondom hem te verlichten. Dat moest dus betekenen dat hij de stam had bereikt en dat de takken de maan hadden verduisterd. De maan had haar missie volbracht, zei hij tegen zichzelf! Net zoals ze dat 's nachts deed als hij uit zijn hut sloop en door de bossen en struiken dwaalde tot het ochtendgloren.

Telkens wanneer hij een beetje vooruit ging, ging ook die ander een beetje vooruit. Hij hoorde hem opnieuw bewegen, en hoewel het nacht was, zag hij de insecten krioelen. Hij zag hun zwarte skeletten die een geluid voortbrachten, terwijl hun minuscule pootjes over de bladeren liepen. Hij voelde steken in zijn buik. Alles ging dus goed met hem, en het had geen zin om stil te staan bij de geur van zijn bloed, zijn afgehakte hiel of zijn wonden waarvan hij niets wist, maar waarvan hij dacht dat ze niet ernstig waren. Hij rilde en zweette, en had het gevoel dat hij van binnenuit ging ontploffen, en dat er iets in hem borrelde en kookte. Waarom was er niemand gekomen om hem te redden? Hij verdreef dat idee, omdat hij dacht dat hij hierdoor misschien zou ophouden met in de boom proberen te klimmen. Hij herinnerde zich dat hij het vliegtuig over hen heen had zien vliegen, en dat hij ernaar had gekeken op het moment dat de bom viel.

Maar, waarom was er niemand gekomen om hem te redden?

Hij probeerde die duivelse gedachten te verdrijven en zei tegen zichzelf dat hij moest ophouden! Zijn lippen trilden, en hij zweette. Hij zakte opnieuw in elkaar! Op dat moment wilde hij de brandende pijn in zijn oor niet eens aanraken, hij dacht dat het maar een schram was. Hij streek er lichtjes met zijn vingers over maar nam al snel zijn vinger weg. Als hij nu aan die stekende pijn zou denken, zou hij ontdekken dat hij zijn oor, net zoals zijn hiel, verloren was door de raket die verkeerd was ingeslagen. Maar hij dacht er niet aan. Hij moest een man zijn, hij had immers nog steeds al zijn tanden waarmee hij nog eens klapperde.

Eender wie hem benaderde zou hij met deze tanden aan stukken scheuren, hij zou hem opeten en hem verslinden zoals hyena's hun prooi.

Nu moest hij de stam omhelzen, en dus bewoog hij naar voren om dat te doen. Toen zijn hoofd de stam raakte, voelde hij een rust over zich vallen en hoorde hij vreemde geluiden. Hij hief zijn hand resoluut op, pakte de stam vast, omhelsde hem, streek met zijn vingers over de harde schors en ging op zijn knieën zitten. Hij stond half rechtop, en moest alleen maar zijn tweede arm uitstrekken. Hij zag eruit als een spook van zandkorrels en boombladeren dat zijn handen hoog ophief terwijl zijn ledematen verdraaid waren. Het was alsof hij een nieuwe versie van zichzelf schiep, en er een andere man uit hem geboren werd, een gezonde man met een lichaam dat intact was. Hij raakte de dichtstbijzijnde tak aan, de takken bewogen niet. Wanneer de dageraad aanbrak in de bergen ging die gewoonlijk vergezeld van een frisse koelte en briesjes die de bladeren deden bewegen. De takken bewogen niet omdat ze te groot waren, maar waarom bewogen de bladeren niet? Dat vond hij vreemd! Op dat moment realiseerde hij zich dat hij de tak stevig vasthield, hij kon de andere takken voor zich zien, en hij zag hun wortels in zijn hoofd en in zijn hart als waren ze een complexe tekening van de anatomie van bomen en wortels in een boek dat hij op zijn school ooit had gelezen. Hij wist dat de wortels hem naar de takken droegen, en dat hij ermee zou versmelten. Hij was er zich niet bewust van dat hij dat kon denken, hij deed alleen wat hij altijd had gedaan in zijn gewone leven. Precies daarom kreeg hij het gevoel dat de kracht die plotseling zou komen een bed was van boomwortels dat hem droeg en hem 's nachts in slaap wiegde. Hij rechtte zijn lichaam en klampte zich met zijn handen vast aan de stam van de boom, en bewoog zich vooruit als een hagedis op een muur. Hoewel de brandende pijn in zijn hiel erger werd, in zijn hoofd explodeerde en zich rond zijn oren verspreidde, klampte hij zich vast aan de stam, alsof hij er aan vastgelijmd was. Hij luisterde naar het geluid aan de andere kant, het kwam hem bekend voor.

Hij negeerde het geluid, en bereikte het punt waar de twijgen vertakten. Hij beefde niet, haalde diep adem, strekte zijn romp, stak zijn hand op en raakte met zijn vingers de eerste twijg van de tak aan. Het maanlicht bereikte hem niet, en de grote takken waren nog ver van zijn vingers, verder dan hij zich had ingebeeld. Hij wilde zijn bovenlichaam strekken, zo recht als de stam van de boom, maar hij kon zijn lichaam niet op een normale manier bewegen. Hij kon zijn bovenlichaam niet naar voren duwen, dus strekte hij zijn benen door zijn lichaam te plooien en het naar voren te duwen. Terwijl hij dit deed, verslapten zijn vingers en de spieren in zijn bovenbenen, hij viel van de stam, rolde om door de val en tuimelde meerdere keren. Plots lag hij weer op diezelfde plek, bij de gescheurde zandzakken, onder het maanlicht, en keek hij naar de boom die ver weg leek.

Hij wist niet of het door het maanlicht kwam, of dat het zijn fantomen waren die ervoor zorgden dat hij het wezen zag dat kwam aangerold, maar hij zag het nu duidelijk. Hij hoorde ook een stem van binnenuit. Lawaai en gebrul, hij kon de geluiden van insecten en de takken die afbraken niet meer horen, noch de volle maan zien hoewel zijn pupillen groter werden. Hij begon opnieuw in de lucht te bewegen: hij hief zijn handen naar de hemel, mompelde, schreeuwde, ging gebogen rechtop staan en bewoog naar de boom toe met zijn armen open om ze rond de dichtstbijzijnde brede tak te kunnen spreiden. Op dat moment zag hij nog steeds niet dat er hier en daar delen van zijn lichaam ontbraken, hij zag niets anders dan dat blauw en die gloed die vermengd waren met fonkelende lichtstralen, die hij heel helder zag, en die door de dichtheid van bladeren en de wirwar van takken schenen. Het leken wel lange, slanke uitgestrekte armen van geleiachtige vrouwelijke wezens die hem riepen en die zijn vingertoppen vastpakten. Vervolgens doorboorden ze die blauwe lichtstralen, waardoor je zag hoe de lucht meebewoog op de deining van bladeren en het stof. Hij zag nu duidelijk de open hiel van zijn legerbottine die zo'n diepe wond blootlegde dat je het geen gat meer kon noemen. De hiel was helemaal verbrijzeld en het bloed sijpelde er langzaam uit. Hij zag het bloed niet, maar het verspreidde zich her en der onder het purperen maanlicht. Hij was niet meer echt bij bewustzijn. De bloeddruppels sprongen met hem mee en veranderden in manestralen. En hij, hij sprong naar de tak terwijl hij er met stenen ogen naar staarde. Hij zou gaan vliegen!

Het was de tak, die zich hoog voor hem uitstrekte.

Hij wierp zich op de tak, zonder zich druk te maken om die andere persoon die net hetzelfde deed! Zijn hele bestaan was herleid tot zijn armen, die langer werden en zich ver uitspreidden.

Hij dook om zijn doel te raken.

Hij hield de tak vast.

Hij vloog.

Oxfam Novib staat achter iedereen die strijdt voor gelijkheid. Mensen die op hun eigen manier strijden tegen groeiende verschillen. Tegen onrecht. Tegen klimaatverandering, dat de meest kwetsbaren het hardst raakt. Mensen die opkomen voor eerlijke lonen. Voor het recht zichzelf te kunnen zijn en te houden van wie ze willen. Oxfam Novib werkt samen met jeugdbewegingen, grassroots-organisaties en het maatschappelijk middenveld aan gelijkheid. We staan achter ze met geld. Met kennis. Met lef. Met onze duizenden medewerkers. En met onze miljoenen supporters. Want alleen met elkaar pakken we ongelijkheid aan bij de wortel. Om zo de systemen die daarachter zitten voor eens en voor altijd te veranderen.

Wereldwijd strijden mensen voor gelijkheid, Oxfam Novib staat achter hen. Doe mee!